TOM REICHEL

Josh

EINE WEIHNACHTSGESCHICHTE

Sie glaubte, einen Herzschlag zu hören. Auf offener Straße, doch gerade so, als hätte sie ihr Ohr an eines Menschen Brust gelegt. Sie blieb stehen und lauschte. Da war es wieder. Ganz deutlich. Sie schüttelte den Kopf und wandte sich um.

Die Menschen gingen an ihr vorüber, eilten durch die Einkaufsstraße und warfen flüchtige Blicke in die weihnachtsgeschäftigen Schaufenster. Die Puppen grinsten wie immer, behängt und umlagert von allen möglichen Gabentischfüllern, und die Kinder begafften überdimensionale Spielsachen.

Nichts war geschehen. Der schwarze Dezemberhimmel hing weiter über den Köpfen.

Sie riss die Augen auf, drückte sie zu, riss sie wieder auf und atmete tief durch. Doch das Klopfen blieb, einem Hilferuf gleich. Sie rieb sich die Schläfen. Hielt sich die Ohren zu. *Ich bin doch nicht verrückt.* Freilich kannte sie dieses Hämmern im Ohr, wenn nach einer Anstrengung, einem Schmerz sich das eigene Herz wie im Rausch dröhnend Gehör verschafft.

Aber das war es nicht. Oder? Sie tastete mit einem Finger nach ihrem Handgelenk. Fühlte ihren Puls. Nein, der Rhythmus war ein anderer.

Das Klopfen in ihrem Ohr war bei Weitem ruhiger. Fast bedächtig, wären da nicht diese kleinen Unregelmäßigkeiten gewesen. Unregelmäßigkeiten, die sie aus dem Takt brachten, die, wenn sie das Geräusch nicht überhaupt erst hörbar machten, zumindest alle Aufmerksamkeit in ihren Bann zogen. Ihr eigener Puls schlug viel schneller, der Schreck durchraste noch ihre Adern, und das Herz hämmerte in seinem Käfig.

Sie ging ein paar Schritte. Blieb stehen. Lauschte. Das Klopfen blieb, doch etwas leiser als zuvor. Sie ging zurück. Der alte Platz, und der fremde Herzschlag war wieder deutlich in ihrem Ohr. Sie wiederholte das Spiel. Das Ergebnis war dasselbe. Noch einmal. Und wieder. *Folglich bin ich nicht verrückt*, sagte sie sich, *doch was dann?*

Sie schloss die Augen. Das Klopfen blieb. Fünf Schritte nach rechts, und wirklich, es wurde lauter. Sie versuchte den Weg, den sie gehen musste, mit ihrem Gehör zu finden, Schritt für Schritt. Ein Passant trat ihr auf den Fuß. Ob sie keine Augen im Kopf hätte, fragte er, doch sie beachtete ihn nicht. Wollte nur weiter. Irgendwo muss die Quelle dieses Klopfens sein.

Plötzlich schlug es an ihr Trommelfell, mit solcher Kraft, dass sie die Augen aufriss. Die Laternen beleuchteten wieder die Nacht. Schatten lösten sich aus der Dunkelheit. Allmählich gewann sie ihre Orientierung zurück und fand, wonach sie suchte.

An der Häuserwand gegenüber lehnte ein etwa zwölfjähriger Junge und lächelte sie an. Große dunkle Augen blitzten auf. Vorsichtig ging sie auf ihn zu.

„Das Klopfen hat aufgehört", sagte er.

Ungläubig lauschte sie in sich hinein, doch er hatte recht. Sie musterte ihn von oben bis unten. Seine Kleider waren eher schäbig, gerade, als wäre er einem anderen

Jahrhundert entsprungen und hätte vergessen, nach der Zeitreise die Hosen zu wechseln.

„Woher weißt du …?“, wollte sie wissen.

„Nenn mich Josh!“, antwortete er. „Und nimm mich mit zu dir nach Hause.“

Sie runzelte die Stirn. „Was soll ich?“

„Mich mitnehmen.“ Der Knabe grinste sie an. „Hier draußen ist es verdammt kalt. Und außerdem habe ich Hunger.“ Er machte eine Geste, als wolle er ihre Hand nehmen, doch sie wich zurück.

„Bist du verrückt?“, fuhr sie ihn an.

Er zuckte mit den Schultern. „Keine Ahnung. Lohnt es sich, darüber nachzudenken?“ Er grub die Hände in die Taschen und schaute sie von unten an. „Mir ist wirklich kalt.“

„Aber ich kann dich doch nicht einfach mitnehmen“, sagte sie.

„Warum nicht?“, fragte er. „Ich bin nur deinetwegen hier.“

„Nun mach aber mal 'nen Punkt, Schätzchen. Ich könnte deine Mutter sein …“ Sie versuchte, energisch zu wirken.

„Nicht ganz“, entgegnete Josh und lachte.

Sie fand das gar nicht mehr komisch. Kurz überlegte sie, ob sie einfach gehen sollte, doch dann dachte sie an den Herzschlag in ihrem Ohr. „Wie machst du das eigentlich?“, wollte sie wissen.

„Was?“ Er stellte sich dumm.

„Na, dieses Klopfen!“ Sie deutete auf ihr Ohr.

„Erklär ich dir später. Wir haben noch eine Menge Zeit. Und jetzt habe ich Hunger.“ Josh lief einfach los. In die Richtung, wo ihr Auto stand.

Der spinnt, dachte sie, unschlüssig, ob sie stehen bleiben oder ihm nachtrotten sollte. „Ich bin Anne!", rief sie ihm hinterher.

„Weiß ich", sagte Josh.

„Nun komm mir noch auf *die* Tour. Außerdem kann ich Kinder nicht ausstehen!" Sie verfluchte sich, weil sie diesem Klopfen nachgegangen war.

Josh blieb stehen und drehte sich langsam um, seine Augen blitzten durch die nächtliche Dunkelheit. „Aber – ich bin das Christkind", sagte er so leise, dass sie den Sinn seiner Worte kaum aus seinem Flüstern filtern konnte.

„Was?", lachte sie auf. „*Wer* bist du?"

„Das Christkind." Josh schaute sie ernst an. Mit einem Blick, der keinen Zweifel duldete. Anne wollte schon wieder losprusten, doch dann hielt sie sich zurück. Der Junge muss wirklich verrückt sein. In seinen Augen glomm ein Funke Wahnsinn. *Wahrscheinlich ist ihm dieser ganze Weihnachtstrubel aufs Gemüt geschlagen*, dachte sie.

„Und wer soll dir das glauben?", fragte Anne.

„Du. Niemand sonst." In seinem Ton lag die verzweifelte Bestimmtheit derjenigen, die nichts anzuführen haben als sich selbst. Nichts, als dass sie selbst glauben, was sie glauben machen wollen. „Du", wiederholte Josh.

„Du spinnst." Anne war entgeistert. Der Typ war offensichtlich im falschen Film. „Hör auf. Ich hatte 'nen ziemlich stressigen Tag, mir fehlen die Nerven für diesen Quatsch." Sie dachte an den Arzt. Der hatte sie beglückwünscht. Ihre Befürchtungen bestätigt: werdende Mutter. Sie hatte nach einer Beratungsstelle gefragt. Anne überlegte, ob sie träumte, und versuchte aufzuwachen.

„Das ist kein Traum“, platzte Josh in ihre Gedanken.

„Jetzt reicht's mir aber!“, schrie Anne. „Erst erschreckst du mich mit diesem dämlichen Trick, bettelst mich um was zu Essen an und behauptest, du wärst das Christkind. Und jetzt soll ich wohl glauben, dass du Gedanken lesen kannst? Lass mich bloß in Ruhe!“

Sie machte auf dem Absatz kehrt und ging einfach davon. Josh zuckte mit den Schultern und eilte ihr nach. Anne versuchte, ihn nicht zu beachten und beschleunigte ihren Schritt. Doch Josh blieb an ihrer Seite.

„Gedanken lesen ist ganz einfach“, sagte er im Gehen.

Anne hörte nicht hin.

„Und den Trick kann ich dir auch erklären“, meinte Josh.

Anne blieb stehen und schaute auf den Jungen hinab. „Ich will's aber nicht wissen, klar? Und jetzt verzieh dich. Du bist weder das Christkind noch ein herrenloser Hund, den man aus Mitleid mit nach Hause nimmt. Also hau ab!“ Sie schüttelte wütend den Kopf und wollte weitergehen.

Ein Weihnachtsmann, der für eines der Warenhäuser jobbte, stellte sich ihr in den Weg: „Na, Ärger mit dem Sohnemann, junge Frau?“

„Das ist nicht mein Sohn“, gab Anne zurück, „das ist das Christkind.“

„Natürlich. Und ich bin der Weihnachtsmann.“ Er zeigte Anne einen Vogel und schenkte Josh eine Packung Gummibärchen. „Sag deinem Papa, er soll heute lieb zu Mutti sein, schließlich ist in drei Tagen Weihnachten, und offensichtlich ist der ganze Trubel zu viel für sie. – Guten Abend noch, schöne Frau“, sagte er. Und ging und suchte sich ein neues Opfer.

„Für den ganzen Unsinn hier kann ich nichts", entschuldigte sich Josh leise. „Ich hab nie gesagt, dass die Menschen meinen Geburtstag feiern sollen. Und erst recht nicht so. Tut mir leid."

„Okay, Josh!" Anne gab auf. „Ich weiß zwar nicht, warum ich das tue, aber ich mach dir 'nen Vorschlag: Wir gehen jetzt eine Pizza essen, irgendwo hier in der Stadt; du erzählst mir, wer du wirklich bist, und dann geht jeder seiner Wege. Einverstanden?" Sie blickte ihn an.

Doch statt einer Antwort nahm Josh sie bei der Hand und zog sie mit sich fort. *Offenbar weiß er, wo es hier Pizza gibt*, dachte Anne etwas erleichtert. *Gleich wird er sich als ganz normaler Stadtjunge entpuppen, eine Cola schlürfen und den ganzen Christkindkram sein lassen. Ganz schön ausgebuffte Bettelmethode.*

II

An der nächsten Straßenecke wartete ein italienischer Fast-Food-Schuppen auf ausgehungerte Weihnachtseinkäufer. Josh zog Anne durch die Schwingtür und lief zielstrebig in die hintere Ecke des grell ausgeleuchteten Raumes, warf seine abgeschabte Jacke über eine Stuhllehne und setzte sich.

„Pizza Funghi!", rief er Anne zu, die ihren Mantel an den Garderobenständer hängte. Über sein Gesicht stahl sich ein breites Lächeln.

Sie setzte sich zu ihm. „Pizza Funghi also." Sie blätterte in der Karte. „Du warst schon mal hier?"

„Klar", Josh gab es vorbehaltlos zu, „vor genau einem Jahr."

Anne hatte geglaubt, er würde versuchen, sich herauszuwinden. „Du machst das also jedes Jahr zu Weihnachten? Und die Leute geben dir immer 'ne Pizza aus?"

„Vor zwei Jahren war es Fisch. Da gab's den Laden hier noch nicht. Und nächstes Jahr muss ich mir was anderes suchen, wenn der Italiener pleite ist." Josh blickte sie offen an. „Ich nehme einen Tomatensaft."

Anne schüttelte ihren Kopf. „Woher willst du denn wissen, dass das Ding hier pleitegehen wird? Wohl auch noch Prophet?"

Josh verdrehte die Augen. „Ich bin das Christkind."

„Wir haben eine Abmachung!", wollte Anne protestieren, doch er stand auf.

„Du willst Spaghetti?", fragte er kurz, und Anne war zu verblüfft, um nicht zu nicken. „Und einen Kaffee!", rief sie ihm nach.

Josh nickte. „Weiß ich", sagte er und lief zur Theke. Sie sah ihn mit dem Koch sprechen, der nickte zu ihrem Tisch herüber, dann lachten sie beide.

Wahrscheinlich stecken sie unter einer Decke, dachte Anne, *und freuen sich, dass Josh wieder eine Dumme gefunden hat. Ich könnte immer noch gehen.*

„Alles klar." Josh kam zum Tisch zurück und stellte ihr den Kaffee vor die Nase. Setzte sich. Schaute ihr in die Augen. „Du glaubst mir kein Wort, nicht?" Er seufzte und würzte seinen Tomatensaft.

„Wir haben eine Abmachung", setzte Anne nochmals an. „Du wolltest mir sagen, wer du wirklich bist. Wohnst du hier in der Stadt?"

„Vorübergehend", sagte Josh.

Gott sei Dank, dachte Anne, *endlich mal ein klares Wort.*

„Bei dir", sagte Josh.

„Gottverdammt!", fluchte Anne. Offenbar war er entschlossen, seine Rolle bis zu Ende zu spielen. „Aber …" Doch dann unterbrach sie sich. *Ich werde einfach aufessen, bezahlen und gehen. Und mich bis dahin nicht aus der Ruhe bringen lassen.*

Anne setzte ein Lächeln auf. „Gut", sagte sie, „also bei mir. – Aber … der Trick mit dem Herzklopfen. Wie geht der? Du hast versprochen, es mir zu verraten."

Josh deutete nach hinten, das Essen wurde gebracht. „Nun", er stocherte mit dem Messer in seiner Pizza, „zuerst hörst du in dich hinein, so lange, bis du deinen eigenen Herzschlag vernimmst. Dann denkst du an den Menschen, der auch hören soll, was du hörst, und sagst: *Bitte, Vater, wenn es dein Wille ist.* Und wenn er“, Josh deutete nach oben, „nichts dagegen hat, klappt es meistens.“ Er zwinkerte fröhlich und schob sich ein Stück Pizza in den Mund. „Meistens ist es Papa ziemlich egal und das Spiel funktioniert“, kaute er lachend. „Probier es aus.“

Ganz ruhig bleiben, dachte Anne und stocherte auf ihrem Teller herum. *Wenn ich das versuchen würde und nichts geschieht, was ich ohnehin nicht überprüfen kann, sagt er wahrscheinlich: „Papa will nicht“, und lacht mich innerlich aus, weil ich's geglaubt habe. Aber so blöd …*

„Du glaubst mir nicht. Soll ich's noch mal vormachen?“, fragte Josh.

„Bitte“, sagte Anne teilnahmslos und aß weiter. Doch plötzlich hatte sie wieder dieses Klopfen im Ohr, mit der gleichen Unregelmäßigkeit wie vorhin auf der Straße. Sie erschrak und verschluckte sich. Hustete.

„Entschuldige“, lachte Josh und klopfte ihr auf den Rücken, „tut mir leid.“ Anne traten Tränen in die Augen. „Und jetzt du“, sagte er, „lass mich dein Herz schlagen hören.“

Sie wusste nicht, was sie tun sollte. *Ich mach mich noch lächerlich.* Doch sie schloss die Augen. *Gleich sagt er, dass Papa nicht will.* Sie atmetet tief ein und wieder aus, in der Erwartung, die ganze Kneipe, sicherlich vom Koch eingeweiht, in Lachen ausbrechen zu hören.

„Du versuchst es gar nicht“, maulte Josh.

Na gut, jetzt war es auch egal. Sie lauschte in sich hinein. Es war ziemlich schwer, sein eigenes Herz schlagen zu hören, doch irgendwann pulsierte der Rhythmus in ihren Ohren. Dann dachte sie an Josh, *oder wer auch immer du bist,* und sagte lautlos: *Bitte, Vater, wenn es dein Wille ist …*

„Ich kann es hören", jubelte Josh.

Sie glaubte ihm kein Wort. Josh kniff die Augen zusammen. „Du glaubst mir wieder nicht. Bitte, dann versuch's mit dem Koch." *Ja, ja, der Koch*, dachte Anne, und erinnerte sich an das Lachen der beiden. Sie schaute Josh an.

„Ich will's aber mit dem da versuchen", sagte sie und zeigte auf einen Mann auf der gegenüberliegenden Lokalseite, der gerade schwitzend mit seiner Pizza kämpfte.

„Na, dann los!" Josh zuckte mit den Schultern und lachte.

Anne schloss ihre Augen.

Das ist alles Quatsch, sagte sie sich, doch dann hörte sie den Takt ihres Herzens, dachte an den Essenden und dachte den verabredeten Satz: *Vater, wenn …*

Ein würgendes Geräusch ließ sie die Augen öffnen. Der Mann von gegenüber hustete Zerkautes auf seinen Teller und sah sich irritiert um. Der Kopf hochrot. Dann lauschte er in sich hinein, ebenso wie Anne vorhin, doch das Geräusch war für ihn verschwunden, und er würde nie erfahren, was er an diesem Abend gehört hatte.

„So ist das Leben", sagte Josh und lachte ein helles Lachen, in das Anne einstimmte. Auch wenn sie dem Trick immer noch nicht traute, war das Bild doch zu komisch gewesen. Und die Schadenfreude ließ sie ihre eigene Situation vergessen …

Ein Paar kam zur Tür herein und blieb unschlüssig

stehen. *Wahrscheinlich werden sie Stunden brauchen, ehe sie sich einig sind, wohin sie sich setzen,* dachte Anne und machte die Augen zu. Kurz darauf entfuhr der Frau ein Schrei, und ihr Mann sprang erschreckt zur Seite. Sie redete auf ihn ein. „Hör auf!" Er nahm sie beim Arm, zog sie zur Tür hinaus – „Komm, Liebling!" –, ein entschuldigendes Lächeln für die übrigen Gäste auf den Lippen.

Josh grinste und wies Anne auf einen studentischen Teetrinker hin, der versuchte, sich an seinem Glas zu wärmen. Josh schloss die Augen, und Sekunden später klirrten Scherben. Anne prustete und tat es Josh nach. Eine Kellnerin stürzte über ihren Geschirrwagen. Der Koch verbrannte sich die Hand. Ein Kind spuckte seinem Vater Cola ins Gesicht. Ein Löffel tanzte über den Boden.

In einem anderen Teil des Raumes fiel ein Tisch um. „Jetzt weiß ich auch, warum dieser Schuppen pleitegeht!", lachte Anne. Ein Gast sprang von seinem Stuhl und riss das Tischtuch mit sich.

Josh lachte mit ihr. Unschuldig und hell. Die Scheiben vibrierten. Die Gäste schauten. Sie hielt sich den Bauch. Konnte nicht aufhören. Und gerade, wenn sie glaubte, aufhören zu können, lachte Josh aufs Neue los, sodass sie wieder einstimmen musste. Tränen sprangen über ihr offenes Gesicht.

Sie lachte!

Lachte. Bilder tanzten durch ihren Kopf. Zwei bezopfte Mädchen, geduckt in einer Schulbank. Ein Lehrer, der schrie. Doch vergeblich. Das Kichern nahm kein Ende. Das Lachen war stärker als ihre Angst. Der große, starke Mann nur noch lächerlich. Und dumm, weil er gegen ein

Lachen kämpfte. Sie konnte ihn nie mehr ansehen, ohne feuchte Augen zu bekommen.

Anne lachte. Ein Bett fiel ihr in den Sinn. Sie fiel hinein. Sie dachte an seine Arme. An ihre Furcht, bis sie zu lachen anfing. Sie suchte nach seinem Gesicht. Die Erinnerung blieb standhaft und verhüllte sich. Nur dieses Lachen gab sie frei, dieses Lachen und eine selbstverständliche Nacktheit, die bei ihr blieb, auch wenn die Gesichter gingen.

Dann kam die Stille. Die Kellner kehrten die Scherben zusammen. Der Koch ging nach Hause. Anne wischte sich mit dem Ärmel über die Wangen und blickte in Joshs große, dunkle Augen.

„Danke, Josh", sagte sie. Der zwinkerte und nickte nur. „Ich weiß nicht, wann ich das letzte Mal so gelacht habe, weißt du." Anne wurde still und kniff die Lippen zusammen. „Und das so kurz vor Weihnachten." Sie dachte an ein Kind, das sie nicht wollte. „Dieses blöde Fest. Ich krieg's immer mit der Angst zu tun, wenn es näher kommt. Erinnerungen, weißt du."

Sie versuchte, mit einem Kopfschütteln die Gedanken zu verjagen. „Unsinn. Woher solltest du das wissen! Als ich so alt war wie du, war Weihnachten einfach spannend. Lichter. Geschenke. Großeltern. Und irgendwie lag immer Schnee. Jetzt regnet es nur noch."

Anne zündete sich eine Zigarette an. Zog tief daran und blies den Rauch hörbar aus ihren Lungen. „Was rede ich denn. Vergiss das!", sagte sie zu Josh, der ihr schweigend zuhörte. Der Ausdruck seines Gesichts passte kaum noch zu seinem jugendlichen Alter. Sie biss sich auf die Lippen.

„Ich bin hier, weil du allein bist", sagte er erst. „Und ich weiß, dass du mir nicht glaubst. Wenn du sagst, du bist Anne, glaubt dir das jeder Mensch. Wenn ich sage, dass ich bin, wer ich bin, lacht man mich aus. Dennoch, ich bin deinetwegen hier."

Er ist doch verrückt, dachte sie.

Josh deutete mit den Augen zum Fenster und Anne drehte sich herum. Draußen fielen dicke Flocken Schnee, die in einem leichten Wind zu tanzen schienen. Der erste Schnee!

Anne warf den Kopf herum und starrte Josh an. „Du bist verrückt!", sagte sie. „Vollkommen verrückt."

Josh lächelte nur.

„Jetzt rede mir nur noch ein, du würdest es für mich schneien lassen, du Christkind!", sagte Anne.

Doch Josh lächelte nur weiter und schaute den fallenden Flocken nach. „Das habe ich nie behauptet", sagte er. „Es gibt auch Wunder, die von allein geschehen. Wenn es kalt genug ist, wird der Regen zu Schnee. Das weißt du so gut wie ich."

Anne erwachte wie aus einem Traum. „Klar." Sie wurde bestimmt. „Lass uns gehen. Es ist verdammt spät und du gehörst ins Bett." Sie bat den Kellner um die Rechnung und zerdrückte ihre Zigarette.

„Schon bezahlt, junge Frau", entgegnete der, als er an den Tisch trat. „Der Herr, der sich vorhin so fürchterlich verschluckte, hat ihre Rechnung übernommen", sagte er und ging.

Anne sah ihm entgeistert nach. Das kannte sie nur aus zweitklassigen Filmen. Sie wandte sich zu Josh, doch der hatte sich schon seine Jacke übergehängt und ging hinaus. „Josh!“, rief sie ihm nach. „Josh!“

Doch er blickte sich nicht um.

III

Der Wecker schrie sie an. Sie tauchte aus ihren Kissen auf wie ein Nichtschwimmer, der für einen kurzen Moment an die Wasseroberfläche kommt, bevor er wieder versinkt. Sie schlug nach dem Schreihals. Getroffen wankte er und fiel vom Nachttisch. Sie fluchte. Gähnte. Drehte sich herum. Noch einmal, zog die Decke über den Kopf. *Ich will nicht träumen.*

Ein Traum. Sie versuchte, sich zu erinnern. Suchte in ihrem Kopf. Eine Wolke hüllte sich in Schweigen. Ein Nebel legte sich neben sie. Hob sich. Sie presste die Augen zu. Rannte durch die verwundeten Windungen ihres Gehirns. Der Traum. Aus. Die Hand massierte ein Gesicht. Die Zunge tastete nach den Zähnen. Häute gaben nach. Das ist kein Traum. Ein Satz aus dem Traum. *Kein Traum.*

Sie versuchte zu denken. Denken. „Ich bin Anne.“ – „Weiß ich.“ *Wer hat das gesagt?* Eine Sprechstundenhilfe notierte ihren Namen. Gesichter kamen und gingen. Eine Stimme verlor sich im Dezemberhimmel. Gummibärchen und ein Weihnachtsmann. *Das ist das Christkind. Wer? Weiß ich.* Schnee. Die Erinnerung taute. Der erste Schnee. Ein Herzklopfen im Ohr. Josh.

Josh!

Er hatte sie mit Schneebällen beworfen. Sie trat aus der Tür, und eine weiße Kugel flog auf sie zu. Sie wusste noch den Schreck, dann traf der Schneeball ihr Gesicht. Der Aufschlag. Wie Watte. Und die Tropfen schmeckten nach Vanille.

Danach war sie wie im Rausch. Josh lachte und nahm sie bei der Hand. Sie gingen zu ihrem Wagen. Alles war selbstverständlich. Von selbst. Josh setzte sich neben sie. Sie fuhren nach Hause. Nach Hause. Zu ihr. Josh erzählte ein Märchen. Dann fielen ihm die Augen zu. Sie hatte ihm eine Decke übergelegt, als er auf ihrem Sofa eingeschlafen war.

Was?

Anne sprang aus ihrem Bett. Lief ins Wohnzimmer. Die Pyjamahose eines längst vergessenen Freundes schlackerte um ihre Beine. *Bitte, ein Traum*. Sie war hellwach.

Der Frühstückstisch war gedeckt. Josh saß auf einem Stuhl und ließ die Füße baumeln. „Morgen!“, schmunzelte er. „Ich dachte schon, du wachst nie auf.“

Sie blickte ihn verstört an. Blickte auf den gedeckten Tisch. Traute ihren Augen nicht. Nicht dem Kaffee. Nicht den Brötchen. Nicht dem Kakao, an dem Josh schlürfte. Sie wusste, dass ihr Kühlschrank leer war. Sie hatte, wie man so sagt, nichts im Haus.

„Woher hast'n das?“, fragte Anne und zeigte auf den Tisch.

„Manchmal reicht ein Krümel, um fünftausend zu speisen“, erwiderte Josh, „doch ein guter Bäcker tut es auch.“ Er warf ihr ein Brötchen zu, und sein Duft betörte ihre Nase. Noch warm lag es in ihrer Hand.

„Du hattest Geld?“, wollte sie wissen.

„Gefunden“, sagte Josh, „es lag auf der Straße.“

„Nein, im Ernst!“ Anne sah ihn böse an und legte das Brötchen zurück.

Josh kratzte sich am Kopf. „Ich hab ihm gesagt, dass ich das Christkind bin.“

„Mein Gott!“ Anne wurde wütend. „Du hast nicht ernsthaft schon früh am Morgen behauptet: ‚Ich bin das Christkind!‘ Und der Bäcker hat gesagt: ‚Schön, dass du da bist, hier hast du Brötchen und Milch‘ – oder was?“

„So ähnlich. Er sagte, er backe gerade meinen Geburtstagskuchen, der wäre aber noch nicht fertig. Dafür hat er mir die Brötchen mitgegeben …“

„Hör auf, mich für dumm zu verkaufen!“, rief Anne.

Josh kaute vor sich hin. „Ich verkaufe gar nichts. Aber ganz egal, was ich dir erzähle, du glaubst mir ja doch nichts. Jedenfalls sind Brötchen da. Die kann man sehen, anfassen und essen. Guten Appetit.“

„Der ist mir vergangen.“ Anne setzte sich, goss sich einen Kaffee ein und steckte sich eine Zigarette an. Sie schwiegen.

„*Keine Ahnung, was gestern in mich gefahren ist, dich mitzunehmen*. Das wolltest du doch sagen“, meinte Josh.

Anne blickte ihn erschrocken an. Irgendetwas ging von ihm aus. Diese Unbekümmertheit, die die unmöglichsten Dinge als selbstverständlich voraussetzte. Am Ende bekam er seinen Willen. Sie suchte in seinen Augen. Er tat, als wäre alles ganz klar … ganz einfach.

Und allmählich begann sie die Geschichte vom Bäcker, der Brötchen verschenkte, zu glauben. Sie selbst hatte ihn ja gestern zu einer Pizza einladen wollen. Oder dass er, wenn er Geld brauchte, es einfach auf der Straße fand. Es lag ja herum. Oder beide Geschichten. Wahrscheinlich hatte er dem Bäcker wirklich erzählt, er sei das Christkind, um dann lachend das Geschenk zu bezahlen.

Das wäre so seine Methode, dachte sie. *Fast clever. Doch wozu?* Es ergab alles keinen Sinn. Anne schaute in sein Gesicht. Ihr schien, als würde er ihre Gedanken lesen. Etwas schrie in ihr auf: *Dazu hat er kein Recht!* Der gestrige Rausch war verflogen.

„Okay, Josh. Du hattest Hunger; du hast gegessen. Dir war kalt; du hast warm geschlafen", sagte sie. „Wir hatten beide unseren Spaß. Jetzt ist das Spiel vorbei. Finito. Aus. Vorbei. Du nimmst jetzt deine Jacke und gehst."

Anne griff sich an den Kopf. *Mein Gott, ich rede mit ihm wie mit einem Liebhaber, den man irgendwann rauswirft …*

„Nein", sagte Josh.

„Wie bitte? Das ist meine Wohnung. Und hier schmeiße ich raus, wen und wann ich will. Verstanden?" Anne kochte vor Wut.

„Nein", sagte Josh fest. „Ich bleibe bis Weihnachten."

„Natürlich! Das Christkind bleibt bis Weihnachten. Weil es mich so schrecklich gern hat und unbedingt seinen Geburtstag mit mir zusammen feiern möchte."

„So ähnlich", meinte Josh.

„Jetzt reicht's!" Anne fuhr hoch, konnte kaum noch an sich halten. Schon wollte sie die Hand heben, doch sie zögerte. *Mist*, dachte sie, *ich werde diesen Bengel doch wohl rauswerfen können. Was soll mich aufhalten. Nichts auf der Welt!* Dann rannte sie in den Korridor, riss seine Jacke vom Ständer und griff nach seinen Schuhen. Öffnete die Wohnungstür und warf beides in den Hausflur.

„Raus jetzt!" Ihre Stimme zitterte.

„Aber es ist noch nicht Weihnachten", protestierte Josh.

„Raus. Sofort!" Anne hielt sich krampfhaft an der Klinke fest.

Josh erhob sich langsam von seinem Stuhl und ging auf sie zu. Mit einem traurigen Blick stand er für einen Moment in der Tür und sah sie an. Dann wandte er sich um und hob seine Sachen auf. Band sich die Schuhe. Hängte die Jacke über.

Und ging.

Sie hörte noch seine Schritte im Treppenhaus.

IV

Sie lehnte die Stirn an die geschlossene Tür. Ihre Schläfen hämmerten. Die Mundwinkel zuckten. Sie kannte sich selbst nicht. Nicht mehr. Ihre Gedanken vertrugen sich nicht. *Warum nur habe ich ihn mitgenommen?*

Die Antwort blieb sie sich schuldig. Sie dachte an den Schneeball aus Vanille. Die Leichtigkeit danach. Sie fragte sich, ob Josh sie unter Drogen gesetzt hatte. Es gab nichts, was sie ihm nicht zutrauen würde. *Unsinn. Er ist ein Kind, ein ganz normales Kind.*

Sie sagte den Satz laut. Wiederholte ihn. Doch glaubte ihn sich nicht. *Es gibt kein Christkind! Das ist die verdammte Wahrheit.* Sie ging zurück ins Wohnzimmer. Auf Joshs Teller ein halb gegessenes Brötchen. *Das hätte er ja nun mitnehmen können. Wirklich.*

Sie erinnerte sich an das Lachen. Mit Josh. Die Zärtlichkeit des Augenblicks. Woher nur kam diese plötzliche Wut vorhin? Sie hätte ihn schlagen können. Sie schaute auf ihre Hände. Das Zittern. Sie schüttelte den Kopf. Menschen, die sie kannten, nannten sie beherrscht. Fast kühl. Sie kannte sich selbst nicht. Nicht mehr.

Menschen, die sie kannten. Das Telefon. Sie rief Martin an.

„Hallo, Schatz!" Seine Stimme klang munter und fröhlich, wie immer. Manchmal nervte sie sein Elan. „Wo steckst du? Ich habe gestern versucht, dich anzurufen, aber …"

„Ich muss dir was erzählen“, begann Anne. „Ich habe jemanden kennengelernt.“

„Oh!“, lachte Martin. „Einen anderen Mann?“

Sie hätte ihn dafür hassen können. „Nein“, entfuhr es ihr, „das Christkind.“

„Was?“, platzte Martin heraus. „Kannst du mir …“

„Hör einfach zu. Gestern …“ Sie dachte an den Arzt. „Ich war in der Stadt, wollte Weihnachtsgeschenke besorgen. Und da habe ich einen Jungen getroffen …“

„Einen Jungen!“, höhnte er.

„Ja, verdammt, einen Jungen. Und der behauptete, er sei das Christkind.“

„Du spinnst doch!“, ertönte es am anderen Ende.

„Hör mir zu! Wir sind dann eine Pizza essen gegangen, und …“

Anne suchte noch nach Worten, doch Martin fiel in die Pause. „ … und dann hast du ihn mit nach Hause genommen und ihr habt miteinander geschlafen. Wann wollt ihr heiraten?“, fragte er.

Anne knallte den Hörer auf die Gabel. So ein Idiot! Doch dann versuchte sie, sich zu beruhigen. *Wenn dir einer diese Geschichte erzählen würde, dann …*

Das Telefon klingelte.

„Entschuldige“, sagte sie.

„Nein, entschuldige du“, meinte Martin, „aber die Story ist wirklich ein bisschen dick. Was war denn nun wirklich?“, wollte er wissen.

„Es war genau so, ich wollte es auch nicht glauben.“ *Ich mache mich unmöglich*, dachte Anne. „Außerdem bin ich …“

„Bitte, Schatz, ich hab zu arbeiten. Ich liebe deine Fantasie, aber …"

Heuchler! Anne fiel etwas ein. Sie schloss die Augen. Suchte ihren Herzschlag in sich. *Wenn es nicht funktioniert, sage ich, es war ein Spaß und dass er die ganze Sache vergessen soll.* Dann hörte sie es klopfen. Dachte an Martin. Sagte den nötigen Vers auf.

„Mein Gott, was ist denn das?" Martins Stimme klang erschrocken und schrill.

„Was?" Anne freute sich und heuchelte Unwissenheit.

„Ach, nichts!" Martin riss sich zusammen.

So ein Blödmann, dachte sie, *er traut sich nicht, es zuzugeben. Er ist und bleibt ein Mann! Nicht mehr.* Sie versuchte es noch einmal. *Bitte, Vater, wenn es dein Wille ist. Bitte …*

„Schon wieder!", entfuhr es ihm.

„Was?", fragte Anne.

„Ich weiß auch nicht", stammelte er. „Es ist, als ob ich ein Herz schlagen höre oder so was!" Martin war eigentlich nicht aus der Ruhe zu bringen.

„Ja", sagte Anne, „damit hat es bei mir gestern auch angefangen."

„Was?" Martin war verstört.

„Gestern, in der Stadt. Plötzlich war da dieses Herzklopfen … und dann bin ich diesem Geräusch nachgegangen und habe den Jungen getroffen." Sie erzählte ihm von Josh. Von den dunklen, bestimmten Augen, von ihrem Essen.

„Und jetzt hat er's auf mich abgesehen, oder was? Das ist doch nicht dein Ernst!" Doch seine Stimme klang unsicher.

„Nein", erklärte Anne, „das mit dem Herzklopfen eben war ich."

„Du?"

„Ja, er hat mir den Trick beigebracht." *Mein Gott*, dachte sie, *ich würde mir auch kein Wort glauben, aber es ist wahr.* „So ist das. Du hast mein Herz gehört."

„Du meinst, du hättest mir dein Herzklopfen ins Ohr geschickt? Das ist doch verrückt." Er schniefte, und sie konnte ihn verstehen.

„Hast du es gehört oder nicht?" Sie trieb ihn in die Enge.

„Ja, aber …"

„Was, aber?" Anne gab nicht nach.

Die Leitung knackte. In weiter Ferne ein anderes Gespräch. Sie wartete.

„Bist du noch dran?", fragte er.

„Hm-hm!" Sie wartete.

Die Sekunden tropften. Sie hörte ihn atmen. Die Leitung knackte.

„Bitte mach es noch mal", bat Martin.

„Okay", sagte Anne. Sie machte die Augen zu. *Lass es jetzt nicht schiefgehen. Wenn es dein Wille ist …*, fügte sie hinzu. Die Sekunden vereisten. Dann zersprangen sie auf dem Boden der Zeit.

„Es ist verrückt!", rief Martin. „Vollkommen verrückt. Aber ich kann's hören."

„Und was mache ich jetzt?", fragte sie.

„Wieso du?"

„Ich hab ihn rausgeworfen", erzählte sie.

„Warum?"

Immer diese kurzen Fragen, wenn er nicht weiterweiß, dachte Anne. Manchmal sah sie durch ihn hindurch. *Aber ich weiß es ja selbst nicht.*

„Ich hatte den Eindruck, er kann meine Gedanken lesen", versuchte sie zu erklären. „Ich hab mich vollkommen nackt gefühlt."

Er versuchte einen Scherz: Er kenne keine andere, die ihre Nacktheit so selbstverständlich … zu jeder anderen Zeit wäre sie gekränkt gewesen. Keine andere!

Sie fiel ihm ins Wort. „Komm, lass das!"

„… und er hat behauptet, er wäre das Christkind?", fragte Martin.

„Ja!" Sie wurde wieder unsicher. „Und jetzt? Kannst du vorbeikommen?"

„Anne, das würde ich wirklich gern!" Martin hatte offensichtlich keine Ahnung, was er tun sollte. „Aber ich habe hier den totalen Stress. Das Projekt droht zu platzen. Und das alles zwei Tage vor Weihnachten. Ich muss hier noch ranklotzen, sonst können wir den Urlaub über Silvester vergessen … Wirklich, es geht nicht, noch nicht. Sobald ich kann …"

„Schon gut!" Sie wusste, dass er recht hatte. Und im Urlaub wollte sie es ihm sagen.

„Nein, wirklich, später vielleicht …" *Er hat keine Ahnung.*

„Ist schon in Ordnung, Marti. Mach's gut." Sie legte auf. Starrte auf den Hörer. Überlegte. Nahm ihn in die Hand. Wählte.

„Es muss heute ohne mich gehen, Lisa. Bin krank …" So konnte man es wohl auch nennen. „Bis morgen dann."

Sie legte auf. Sah den gedeckten Tisch.
Josh.
Ein Schluck Kaffee und dann duschen.

V

Die Tropfen sprangen. Die Haut jubelte. Die Haare schwammen. *Bitte nicht denken*, dachte sie. *Aber es hat funktioniert, Marti ist erschrocken wie nie.* Sie tauchte im Regen unter. Sie versuchte, nichts zu sein. Nichts als ihr Leib. Ein Körper.

Diese Traurigkeit in seinen Augen … Sie reckte den Hals. Das Wasser glitt an ihr herunter. Aus Schaum geboren werden. Geboren. Ihre Hände strichen über ihren flachen Bauch. Sie wollte es nicht. Spülte es herunter. Wenn er von ihr sprach, wurde er ernst und still. Zu ihren Füßen ein Rinnsal. Sie streckte die Arme nach oben. Was hatte er von ihr gewollt? Gerade von ihr? Sie konnte ihn nicht fragen.

Der Spiegel erblindete. Ein Handtuch um den Körper. Wasserdampf in der Luft. Sie konnte die Feuchtigkeit atmen. *Was er wohl gewollt hat?* Sie malte ein Gesicht auf den Spiegel. *Keep smiling.* Die beschlagene Scheibe grinste. Ein Finger schrieb seinen Namen. Feine Perlen an den Kacheln. Sie zerrieb die Tropfen. Ihre Haut pulsierte. Eine Hand verwischte den Namen. Sie wollte ihn fragen. Das Gesicht zerlief. Er lief durch ihren Kopf. Sie trocknete sich das Haar.

Raus aus dem Bad. *Vergiss es.* Im Wohnzimmer der Frühstückstisch. Das halbe Brötchen. Sie warf es in den Müll. *Es ist gut so. Wohin ist er gegangen?* Kalter Kaffee. Sie trank ihn trotzdem. Keinen Bissen, es ging nicht. Eine Zigarette. *Man raucht nur, um etwas auszudrücken.* Sie versuchte ein Lachen. Versuch missglückt. Josh lachte in ihrer Erinnerung. *Bitte nicht denken.* Doch sie dachte. Die Zigarette brannte herunter. Sie nahm den Zug nicht. Nicht den letzten.

Wer ist Josh? Sie drehte sich im Kreis. Stand auf. Zählte die Schritte bis zur Tür. Fünfzehn Schritte Traurigkeit. Sie kam nicht weiter.

Das Bett. Es träumte. Ihr Herz hämmerte. Sie gedachte einer Unregelmäßigkeit. Woher die wohl kam? Er war ein ganz normales Kind. Ein altkluges dazu. *Kann ich nicht ausstehen.* Der Schlaf kam aus den Decken gekrochen. Die Glieder wurden schwer. *Er wollte etwas von mir. Gerade von mir. Was? Ich bin verrückt.*

Minuten wurden gestundet. Glocken zerschlugen die Stunden. Die blasse Sonne wanderte im Rahmen. Das Fenster. Ein Auge. Bremsen quietschten. Schnee kam unter die Räder. Ein Schrei. Anne fuhr auf. Einen Schreck in der Kehle. Ein Traum. Sie wollte ihn fragen. Sie wollte es wissen. Damit es aufhörte zu denken.

Ich will es wissen, dachte Anne. Sie sagte es laut. Sie wollte es hören.

Sie schloss die Augen. Das eigene Herz. Der fremde Name. Sie bat den Vater, den sie nie kennengelernt hatte. Sie verwand den Schmerz. Wichtig war, dass er sich nicht in den Weg stellte. Nicht jetzt. *Wenn es dein Wille ist.* Sie dachte an Josh. *Bitte.*

Sie wartete auf Antwort. Das Klopfen im Ohr. Oder an der Tür. Es blieb still. Sie versuchte es noch einmal. *Bitte.* Die Stille blieb. Nur ein Flugzeug zerriss den Himmel. Sie war wie betäubt. Noch einmal. *Lass es dein Wille sein.* Die Stille rückte näher. *Ich werde wahnsinnig,* dachte sie.

Sie dachte ihre Telefonnummer. *Ich bin verrückt.* Immer wieder, bis sie die Zahlen hören konnte. *Bitte, Vater!* Es gibt keine Väter. Sie dachte an Josh. *Bitte, wenn es dein Wille ist.*

Ein Klingeln zerschnitt den Raum. Anne sprang aus dem Bett, lief zum Telefon und riss den Hörer ans Ohr.

„Hallo, Schatz!“ Martins Stimme sprengte den Traum.

„Ach – du.“ Anne war enttäuscht. „Nein, entschuldige, aber …“

„Er ist bei mir“, sagte Martin.

„Was? Wer?“ Die Worte brachen aus ihr heraus.

„Na, *er* eben. Dein Christkind. Josh, sagte er.“

„Und … und … warum ist er bei dir?“, fragte Anne. „Wie hat er dich gefunden?“

„Keine Ahnung!“, antwortete Martin. „Er kam hier reinspaziert, stellte sich vor und sagte, er würde dich kennen. Und ich müsste dich anrufen.“

Anne war entgeistert und schwieg. Die Sekunden tropften dahin.

„Bist du noch dran?“, fragte Martin. „Hey, Anne, sagen wir, in einer halben Stunde im Café in der Kastanienallee. Okay? Schaffst du das?“

Sie wusste nicht, was sie denken sollte. Irgendwie wurde sie nur noch überfahren. Dieses blöde Weihnachten, man konnte sich kaum noch wehren.

„Ja“, sagte sie, „ich werd's schon schaffen.“

„Also, bis gleich!“, hörte sie Martin sagen.

„Aber dein Projekt. Die Arbeit …“ Sie fand sich nicht zurecht.

„Der Auftrag ist geplatzt. Josh wusste es vorher“, sagte

er. „Es war das Erste, was er sagte, als er hier reinkam: ‚Ihr könnt aufhören.‘ Dann kam der Anruf. Doch das ist jetzt nicht wichtig. Komm vorbei, Anne. Bis gleich.“

„Moment, Marti … du.“ Sie zögerte. „Ich liebe dich.“ Sie wollte es ihm sagen.

„Bis gleich.“ Er hatte aufgelegt.

VI

Sie sah die beiden durch die Scheibe des Cafés. Sie saßen über Eck, und Josh löffelte an einem Eis. Mitten im Winter! Offensichtlich schienen sie sich gut zu unterhalten. Martin lachte und rauchte. Wie immer. Ein Zigarillo im Mundwinkel. Seine Hand spielte mit der Brille, die auf dem Tisch lag.

Wie immer, wenn er lockerer scheinen wollte, als er war, hatte er sie abgesetzt. Doch er lachte. Lauthals, was bei ihm eher selten vorkam. *Wie macht er das bloß?*, fragte sich Anne und dachte an Josh. Sie trat durch die Tür.

Martin winkte ihr zu. Stand auf. Zwei Küsse links und rechts, wie es üblich war. Als wären sie gute Freunde. Darauf hatten sie sich geeinigt. Die Welten trennten sich. Heute fand sie es grotesk. Sie sah zu Josh. Der schaute sie nur an.

Martin nahm ihren Mantel. Sah ihre Unsicherheit. Er versuchte, ihr zu helfen. „Den hätte ich auch mit nach Hause genommen“, lachte er fröhlich heraus.

Anne war verwirrt. „Was?“ Die Situation war unerträglich. Sie wollte mit Josh reden. Am liebsten allein. Wollte ihn fragen, was er wollte. Und warum von ihr, gerade von ihr. „Was?“ Sie blickte Martin verstört an.

„Er ist prächtig“, sagte der. „Wirklich. Ich glaube, ich habe seit einer halben Stunde pausenlos gelacht.“ Das Zigarillo in seinem Mundwinkel hüpfte.

Anne staunte ihn an. Ein Fremder schien vor ihr zu sitzen. Seit Tagen hatte Martin nur noch von seinem Projekt geredet, nichts anderes fand Raum in seinem Kopf. Sie dachte an das Kind in ihrem Bauch. Jetzt saß er da, gelassen, als hätte er alle Zeit der Welt. Der Auftrag war geplatzt …

„Was ist mit deiner Arbeit?“, fragte Anne.

Martin machte eine wegwerfende Handbewegung. „Gestorben!“, grinste er. „Wir sind raus aus dem Job.“ Es schien ihn zu amüsieren. Ihr wäre es lieber gewesen, wenn er aufgebracht gewesen wäre. Oder niedergeschlagen. Damit konnte sie umgehen.

„Aber …“

Sie blickte zu Josh. Dann zu Martin. Wieder zu Josh. *Was macht er nur mit den Menschen?*, dachte sie. *Sie sind wie ausgewechselt. Dinge geschehen, die nie geschehen, und die Menschen nehmen sie hin. Als wäre es normal. Bin ich denn die Einzige, die wenigstens noch Fragen stellt?*

Ihre Augen wurden schmal, als sie Martin ansah. „Hat er dir erzählt, dass er das Christkind ist?“, fragte sie barsch.

„Ja.“ Er antwortete kurz, verdutzt ob ihrer Schroffheit.

„Und?“

„Was, und?“

„Na, glaubst du ihm den Scheiß?“, fuhr Anne ihn an.

Martin lehnte sich zurück. Blickte sie an. Dann Josh. Spielte mit seiner Brille. Nahm das Zigarillo aus dem Mund. „Keine Ahnung.“ Er dachte nach. „Darüber hab ich noch nicht nachgedacht.“

„Solltest du aber!“, gab Anne zornig zurück. Ihre Augen blitzten.

„Entschuldige mal!“ Jetzt wurde Martin sauer. „Wir haben auf dich gewartet. Uns unterhalten. Über Weihnachten und so. Er sagt, es wäre die gewaltigste Geburtstagsparty, die es je gab." Er versuchte ein Lachen. „Nette Vorstellung. Weihnachten als Geburtstagsfeier ..."

Sie ging nicht darauf ein. Anne erinnerte sich an ihre vielen Versuche, mit Martin über Weihnachten zu sprechen. Über diese Angst, die sie beschlich. Angst, die einer Wehrlosigkeit entsprang. Gerade zu dieser Zeit, als ob alle Verdrängungsmechanismen versagten. Martin hatte nur verständnislos den Kopf geschüttelt.

„Das interessiert mich nicht!", presste sie scharf hervor. „Das ganze Fest kann mir gestohlen bleiben. Ich will wissen, wer der Bengel ist. Und was er von mir will. – Wer, verdammt noch mal, bist du?", schrie sie Josh an.

„Aber Anne ...!" Martin wollte sie beruhigen. Legte seine Hand auf ihren Arm.

Sie zog ihn weg. „Lass mich!" Schaute zu Josh. „Und du – sag mir gefälligst, wer du bist!"

Doch Josh blickte nur dunkel vor sich hin und schwieg.

Sie hatte das Gefühl, jeden Moment zu explodieren. „Das Christkind, ha! Der Sohn Gottes, oder was? Der König der Juden!", höhnte sie ihm ins Gesicht.

„Du sagst es", sagte Josh leise.

Martin wollte die Situation retten. „Die Bibel scheint er zumindest zu kennen", meinte er. „Er antwortet mit *seinen* Worten. Wie Jesus vor Pilatus."

„Verschon mich mit deinen Weisheiten!", rief Anne. „Das bedeutet überhaupt nichts. Das kann jeder. Es hat nichts zu sagen."

Martin blieb sachlich: „Zumindest ist es ungewöhnlich, nicht? Für sein Alter ..." Er schaute sie an.

„Ach, ungewöhnlich – das merkst du auch schon! Ich liebe deine scharfe Beobachtungsgabe." Sie konnte nicht einlenken.

Martin holte tief Luft. „Es reicht, Anne."

„Mir reicht es schon lange!", gab sie zurück. „Seit Wochen gibt es kaum ein anderes Gesprächsthema als deinen Job. Wir sehen uns kaum noch. Und wenn, dann hörst du mir nicht zu." Ihr ganzer angestauter Ärger entlud sich. „Ich muss das verstehen. ‚Ich bin müde, Schatz …'" Sie äffte ihn nach. „Du merkst gar nicht, dass ich total am Ende bin. Und im Bett gibt's nicht mehr als 'ne schnelle Nummer." Ertappt schaute sie zu Josh, doch der zuckte mit keiner Wimper.

„Bitte, Anne …" Martin suchte nach einer Entgegnung, sichtlich erschrocken über ihren Ausbruch. „Meine Güte, ich stand völlig unter Strom. Aber jetzt …"

„Jetzt ist Weihnachten, und das Christkind höchstpersönlich ist zu Besuch. Und alles wird wieder gut, oder was?" Anne konnte nicht mehr an sich halten. Sie wollte, dass er ging. „Hau einfach ab!"

Martin war wie vor den Kopf gestoßen. Er stand auf und knallte einen Geldschein auf den Tisch. „Also gut, dann … schöne Weihnachten." Er riss seine Lederjacke von der Stuhllehne und lief hinaus.

„Puh!", sagte Josh. „Das war nötig."

Sie starrte ihn entsetzt an. „Was?"

„Das war nötig", sagte Josh. „Aber jetzt geh ihm nach und hol ihn wieder rein."

Der Bengel war unmöglich! Sie konnte es nicht fassen. „Du spinnst wohl!", fuhr sie ihn an. „Du hast mir gar nichts zu sagen, verstanden? Was denkst du wohl, wer du bist?"

Josh holte Luft.

„Wehe! Ein Wort vom Christkind, und es kracht!" Sie meinte es ernst.

Josh hielt ihr die andere Wange hin. Durch die Scheibe sah sie Martin für einen Moment wie wartend vor seinem Auto stehen. Dann stieg er ein, schaltete das Licht ein und fuhr ab. Draußen wurde es schon wieder Nacht. Die kürzesten Tage des Jahres.

Anne wollte fort. Einfach fort. Alles hinwerfen. Doch die Fragen würden wiederkommen. Sie wandte sich an Josh. „Und jetzt zu dir. Wer bist du, was willst du? Und warum von mir?"

„Ihr Wein, meine Dame!" Der Kellner trat an den Tisch.

„Ich habe nichts bestellt!" Anne blickte auf.

„Doch!", sagte der Kellner bestimmt und stellte das Glas ab. Ein heller Ton klang durch den Raum. Anne ließ es geschehen.

„Es ist die dunkelste Zeit", begann Josh. „Und eigentlich ist es gar nicht mein Geburtstag", räumte er ein.

Sie atmete hörbar aus und massierte sich mit einer Hand die Stirn. „Gut", sagte sie, „die Christkindnummer hat also ein Ende. Wenigstens etwas." Sie dachte an Martin. An die ungewohnte Heftigkeit ihres Ausbruchs. Josh hatte nur daneben gesessen und geschwiegen. Er war an allem schuld. Sie begann, ihn zu hassen.

„Nein", entgegnete er. „Ich meine, eigentlich bin ich zu einer anderen Zeit geboren. Nicht im Dezember. Die Menschen haben sich diesen Tag zurechtgelegt. Wegen dieser

Dunkelheit. Aber die Sonne wendet. Es geht nicht ohne Hoffnung. Und ich habe mich dran gewöhnt."

Es hat keinen Zweck, dachte sie. „Hör auf. Bitte!" Seit Martin gegangen war, war sie mit ihrer Kraft am Ende.

Schwanger, dachte sie. Sie hatte es ihm sagen wollen, nur seine Zustimmung wollte sie. Und es hinter sich bringen. Die Wut verendete in Tränen. „Bitte, hör auf, ich kann einfach nicht mehr." Ihre Augen füllten sich.

Josh legte seine Hand auf ihre. Sie ließ es geschehen. Sie wusste nicht, warum. Ihre Hand wurde ganz weich unter seiner. Wärme stieg den Arm hinauf. Ihr Kopf rauschte. Sie zitterte. Die Wärme hielt stand. Auf dem Gesicht eine Salzspur. Sie wischte darüber. Josh gab ihre Hand frei.

„Was willst du von mir?" Sie fragte es jetzt leise.

„Nichts", antwortete Josh. „Du brauchst mich. Gerade jetzt. Darum bin ich hier."

Sie widersprach nicht. Man konnte sich nicht immer wehren. Sie war froh, reden zu können. Nichts wäre jetzt schlimmer, als allein zu sein.

„Weihnachten", sagte sie und schaute zum Fenster hinaus. Laternen führten einen aussichtslosen Kampf gegen die Dunkelheit. „Der Schnee von gestern ist geschmolzen."

Josh folgte ihrem Blick.

„Nein, bitte nicht", meinte sie. „Bitte keine Wunder mehr, auch keine, die von allein geschehen." Sie versuchte zu lächeln. Trank von ihrem Wein. Suchte die Zigarettenschachtel. Das Feuerzeug.

„Die kann keiner verhindern", sagte Josh.

Misstrauisch schaute sie ihn an. Er konnte es nicht

wissen. Das Kind war ihr Geheimnis. Die Flamme sprang hoch. Rauch stieg auf.

Er sagte nichts. *Jetzt müsste er protestieren*, sagte sie sich. Er protestierte nicht.

„Was hast du gegen dieses Fest?“, fragte er sie. „Warum nicht Weihnachten?“

Anne dachte nach. Ihre Angst hatte keinen Namen. „Es hat keine Bedeutung. Nicht mehr, meine ich. Früher …“ Ihre Gedanken machten Pause. Die Zigarette knisterte.

„Ich weiß, es klingt albern: das Fest der Familie. Es gibt keine Familie. Man sucht ein Zuhause, das es nicht gibt.“ Sie blies den Rauch aus der Nase. „Eigentlich stört mich das nicht. Ich denke, ich kann ganz gut allein leben. Besser als die meisten. Nur Weihnachten bricht es auf. Zusammen mit der Kälte. Als wäre man ein Tier. Man sucht Schutz, ganz gleich, um welchen Preis.“ Sie hob ihr Glas. Der Wein brach in roten Wellen.

Sie lachte. „Weihnachten könnte ich mir sogar vorstellen zu heiraten.“ Sie schüttelte den Kopf. „Der größte Unsinn wird vorstellbar. Vielleicht ist das menschliche Harmoniebedürfnis unberechenbar.“ Sie schluckte das herbe Getränk. „Es zieht dir einen Strich durchs Leben. Oder drunter. Wenn du die Summe nimmst, bleibt immer ein Soll, nie ein Haben. Verstehst du?“

Josh nickte, doch Anne war es egal, ob er sie wirklich verstand. Sie redete für sich. *Was benannt ist, kann verdrängt werden*, dachte sie. „Diese Sehnsucht: Es soll noch einmal so sein wie früher. Eine warme Sicherheit. Doch die entspringt nur der Dummheit. Dass man die Gefahren nicht durchschaut.“ Sie dachte an den Moment, in dem sie begriff, dass alle anderen Mädchen einen Vater hatten. „Und irgendwie hinterm Mond lebt."

Sie schaute Josh an. Er schien sie zu verstehen. *Schwer zu glauben*, dachte sie. „Und wenn du vor dem Mond bist, sozusagen im Licht des Wissens oder …", sie lachte leise und sann der Funktion des Erdtrabanten nach, das Bild gefiel ihr, „im Licht des widergespiegelten Wissens oder im widergespiegelten Licht, dann wird die Sicherheit, nach der du dich sehnst, zur Unmöglichkeit. Aber die Sehnsucht bleibt. Und die Menschen gehen langsam daran kaputt."

Sie blickte hoch. Josh hörte ihr zu. „Mein Gott, du bist viel zu klug für dein Alter! Du solltest Ball spielen. Glauben, dass die Welt nur für dich gemacht ist."

Zum ersten Mal empfand sie eine Art Mitleid für ihn; er hatte es schwerer als andere Kinder. Sie dachte an das Leben in ihrem Leib. Zu früh verloren. Wenn er nur diese dämliche Christkindtour sein lassen würde!

„Man muss das Himmelreich annehmen wie ein Kind", summte er. Er blickte wie in eine weite Ferne. Ein Horizontsucher.

Wie ein Kind?

Anne war neugierig. Er spielt ohnehin sein Spiel. *Vielleicht hat Marti recht*, dachte sie, *und man sollte nicht darüber nachdenken. Und er ist einfach ein hochintelligenter Irrer mit einer zu lebhaften Fantasie.* Das konnte sie glauben. Und machte das Spiel interessant.

Josh ließ ihre Gedanken im Raum stehen und schwieg …

„Annehmen wie ein Kind." Anne schüttelte sich. „Das ist maßlos! Als könnte man einfach vergessen, was man weiß. Wie soll denn das gehen?"

Schalk blitzte in seinen Augen. „Am leichtesten funktioniert das natürlich, wenn man ein Kind ist." Er zeigte auf sich.

Genau, dachte Anne, *du bist ein Kind. Aber ich nicht.*

„Am Ende soll ich auch noch an die Liebe glauben, was?"

„Ja", sagte Josh. „ Warum auch nicht – Liebe?"

Es scheint ihn wirklich zu interessieren, dachte sie, *die Frage klang ehrlich. Klar, es geht um die Grundlage seines Konzeptes. Auch wenn er sich das alles nur einbildet.* Liebe. Die Welten schnitten sich nur. Kamen niemals überein. Sie dachte an Marti.

„Du hättest ihn nicht gehen lassen sollen!"

Anne schaute auf. Es erstaunte sie noch immer. Der Kellner fragte nach ihren Wünschen. Freilich hatte sie die. Ganze Wunschzettel hingen in ihrem Kopf. Anne fragte zurück: Ob er der Weihnachtsmann sei. Ihre Laune besserte sich. Sie gab die Frage an Josh weiter.

Der schüttelte den Kopf. „Wir müssen los", sagte er. Tippte auf ihre Uhr. Ihr Gesicht war eine einzige Frage. „Das Weihnachtsgeschenk für deine Mutter. Du hast es gestern nicht geschafft. Wegen mir." Er zwinkerte ihr zu.

Anne staunte aufs Neue. Doch er hatte recht. Sie dachte nicht darüber nach. „Zahlen!", sagte sie. Der Kellner verschwand. „Einen Moment, bitte."

Ein Entschluss hastete durch ihren Kopf. Sie nannte sich verrückt, aber es waren ja nur zwei Tage. Ein Kind für zwei Tage. Das nahm ihr nicht das Leben. Sie nahm Josh zwischen die Augen.

„Nur bis Weihnachten?" Sie wollte eine Bestätigung.

„Nur bis Weihnachten", nickte Josh.

„Und dann haust du ab?" Sie traute ihm nicht.

„Versprochen", sagte Josh. Seine Augen glänzten.

„Okay." Anne kannte sich selbst nicht wieder. Doch es war ihr egal. „Komm mit. Notfalls fliegst du aus dem Fenster." Sie lachte bei der Vorstellung.

„Na gut. Dann fliege ich eben." Sie lachten beide.

Der Kellner kam und brachte die Rechnung. Anne zahlte. Sie hielt sich in Grenzen.

Sie sah ihn an. Josh zuckte mit den Schultern. „Du wolltest doch, dass die Wunder aufhören", sagte er.

Und grinste.

VII

Menschen. Sie versuchten, sich nicht aus den Augen zu verlieren. Sie bot Josh ihre Hand an. Der schlug ein. Die Geschäftsstraße schlug Wellen, die die Menschen mit sich rissen. Er hielt ihre Hand. Sie spürte seine Wärme. Über den Köpfen leuchtende Ketten. Von Haus zu Haus. Sind die Lichter angezündet. Stille Nacht.

Sie ließen sich treiben. Die Warenhäuser verschlangen die Massen. *Heilige Nacht.* Spuckten sie wieder aus. Schluckten aufs Neue. *Es ist für uns eine Zeit angekommen.* Beladene kehrten zurück. *Die bringt uns eine große Freud.* Gebeugte fluchten unter der Last. Das Geschäft florierte. *Tausend Sterne sind ein Dorn.* Die Krone der Schöpfung. Das Jahr wurde fett. *Maria und Josef.* Die Menschen blasser. Die Bettler nahmen zu. *Leise rieselt der Schnee.* Der Geruch gerösteter Mandeln. *Wer jetzt kein Haus hat, baut sich keines mehr.* Händler auf den Straßen. *Großer Herr.* Sie lobpriesen die Ware. *Vom Himmel hoch.* Besitzer wurden zu Besessenen. *Wer jetzt allein ist, wird es lange bleiben.* Ein Erfrorener wurde beiseitegebracht. Der Blitz einer Kamera. *Jauchzet.* Der Aufmacher für die Weihnachtsausgabe. *Frohlocket.* Die Kollekte zwitscherte im Tränenbeutel. *Welch ein Fest.* Die Menschen warteten auf die Liebe. *Bereite dich, Zion.* Die Liebe machte Geschenke. *Mit zärtlichen Trieben.* Weihnachtsbäume suchten, sich zu überragen. Sterne spitzten sich zu. *Über allen Wipfeln. Keine Ruh.* Nur weiter. Weiter.

„Und alles nur wegen dir!“, spottete Anne.

Josh antwortete nicht. In seinen Augen glomm etwas wie Wut.

Die Schaufenster liefen über. Sie liefen vorbei. Josh zog Anne hinter sich her. Sie ließ es geschehen. Nein, sie wollte keine Nüsse. Josh bahnte sich den Weg. Weg hier. Sie folgte ihm.

„Wo willst du hin?“, fragte sie. Wollte stehen bleiben. Drei Heilige Könige hasteten vorüber. Der Schwarze stieß mit ihr zusammen. „Komm!“ Ein Weihnachtsmann betrank sich auf offener Straße. Wolken zogen vor die Sterne.

„Es wird gleich regnen“, meinte sie und blickte nach oben.

„Gott sei Dank!“, zürnte Josh und besah das Gewimmel. „Das freie Volk wird gleich im Regen stehen.“

Sie lachte. Er freute sich. „Komm, weiter.“

Die Straßen wurden enger. Die Menschenmengen nahmen ab. Ihre Schritte beruhigten sich, Josh lief langsamer, ihre Hände lösten sich. *Schade*, dachte Anne. Sie begann zu frösteln. Das Licht kleckste helle Flecken in die Nacht, die Laternen hielten Abstand. Die Straßen wurden zu Gassen, die Gassen rückten zusammen. Anne kannte sich nicht mehr aus. Sie hatten die Stadt nicht verlassen, doch sie wusste nicht, wo sie waren.

„Wir sind da“, sagte Josh und zeigte auf einen kleinen Laden, der im unteren Geschoss eines Fachwerkhauses winzige Dekorationen in die Fenster gestellt hatte. *Der pure Kitsch*, dachte Anne. Ein Schild, offenbar von Hand gemalt, schaukelte über der Tür. *Vater & Sohn*, entzifferte sie.

Josh trat durch die Tür, und sie folgte ihm. Draußen hämmerte der Regen aufs Pflaster. Eine Glocke ertönte. Sie sah sich um. Der Raum war klein, und rauchschwarzes Holz verkleidete die Wände wie die Decke, die so niedrig hing, dass Anne glaubte, den Kopf einziehen zu müssen. In der linken Ecke glühte ein Kanonenofen, zu Asche vergehendes Geäst knackte in seinem Innern. Die Ware, wenn man es so nennen konnte, lag verstreut und ungeordnet auf dem Boden, lehnte an der Wand oder suchte sich Platz in morschen Regalen, die unter der Last zusammenzubrechen drohten. *Was für ein Gerümpel*, dachte Anne und fragte sich, warum Josh sie hierhergeschleppt hatte.

VIII

Ein alter Mann schlurfte ihnen aus den hinteren Räumen entgegen. „Sehen Sie sich nur um, gnä' Frau“, sagte er. „Und lassen Sie sich Zeit. Wir haben alle Zeit der Welt.“

Er kicherte in sich hinein, wie es senile Alte zu tun pflegen.

Anne bemerkte, dass die ungeordnet herumliegenden Stücke nicht mit Preisen ausgezeichnet waren, und fragte danach.

„Wir werden uns schon einig!“, krächzte der Alte. „Wenn Sie jetzt gestatten, würde ich mich gern zurückziehen“, sagte er. „Meine Frau und ich sitzen gerade beim Abendmahl.“

Und ohne ihre Antwort abzuwarten, schlurfte er davon. Anne sah ihm nach. Sie glaubte nicht, dass sie hier etwas finden würde, und schaute zu Josh, der auf dem Kassentisch saß. Wie sie erwartet hatte: Er lächelte sein hintergründiges Lächeln. „Was soll ich hier?“, fragte sie.

„Sieh dich um“, antwortete er.

Anne dachte gar nicht daran. Die Zeit verrann, und sie musste noch ein vernünftiges Geschenk besorgen. Sie machte einen Schritt zur Tür.

„Bitte“, sagte Josh.

Sie traute ihren Ohren nicht. Bis jetzt hatte Josh sie noch nie um irgendetwas gebeten. Eher doch befohlen. „Hast du ‚Bitte‘ gesagt?“

Josh nickte. „Warum nicht? Sieh dich um, bitte!"

Sie tat ihm den Gefallen. *Wenigstens neue Umgangsformen werden dabei herausspringen*, dachte sie, *und dem Gerümpel wird es nicht mehr schaden*. Sie blickte in den Raum. Das Erste, was ihr auffiel, war ein klappriges Kinderbett. „Genau wie meins!", rief sie Josh zu. „In so einem Ding hab ich auch geschlafen." Sie schüttelte sich. Der Schauder blieb.

Dann blieb ihr Blick an einer verstaubten Puppe haften. Jemand hatte ihr die Haare abgeschnitten. Sie hielt sie in die Luft. „Das hab ich auch gemacht. Ich habe mich gewundert, dass sie nicht nachwuchsen."

Sie griff nach einem Mobilbaukasten: „So was hatte ich auch mal, meine Mutter hat es wenigstens versucht. Hängen geblieben ist nichts." Sie hatte ihn vergessen, irgendwann landete er auf dem Müll. Bekam Ärger mit der Mutter. Sie kümmerte sich um Jungs und Klamotten.

Eine abgerissene Jeans fiel ihr in die Hand, ein Loch überm Knie. Sie erinnerte sich an einen Sturz. Eine Ahnung beschlich sie. „Josh, was soll das?" Sie glaubte kaum noch an Zufälle, seit sie ihn kannte. „Josh?"

Doch er saß nicht mehr auf seinem Platz.

Sie fragte sich, wo er steckte. Vielleicht hatte er Hunger bekommen und dem Alten erzählt, er sei das Christkind. *Na, lass es dir schmecken*, dachte sie. Ihr Blick fing sich an einem Holzroller. Den hatte sie gehasst. Immer hatte sie geglaubt, das Ding wäre direkt vom Sperrmüll auf ihrem Gabentisch gelandet. Sie hatte ihr das nie verziehen.

Anne begann, die Gegenstände zu ordnen. Josh hatte sie zum Einkaufen in ihre Kindheit geschickt, so viel stand fest. Unwichtig, wie er das angestellt hatte. Sie dachte nicht darüber nach.

Briefe, die nie abgeschickt worden waren, fielen in ihre Hände. Sie begann zu lesen, ihre Hände zitterten. Die Seiten überflog sie. „*Liebe Mutti!*" Anne stockte, und eine Erinnerung schuppte ihr von den Augen. „*Wenn du das liest, bin ich tot. Alle sind so gemein. Deine Anne. P. S.: Ich verzeihe dir.*"

Sie legte die Briefe aus der Hand.

Eine Puppenstube. Sie wischte den Staub vom Holz. Stellte die Betten in die Ecke. Legte die kleinen Figuren hinein. Den Teddybären, dem sie vor Jahren die Augen ausgerissen hatte, setzte sie aufs Regal. Bücher befreite sie vom Schimmel. Stellte sie daneben. Schraubte ein Rad an den Roller. Eine entgleiste elektrische Eisenbahn fand ihren Platz auf den Schienen …

Die Minuten wurden gestundet. Glocken zerschlugen die Stunden. In ihrer Hand lag eine Vase. Ein alter Schreck: *Nicht fallen lassen, um keinen Preis!* Mutter hatte es tausendmal gesagt. Die Vase war ein Geschenk ihres Vaters. Als er verunglückte, war sie kaum ein Jahr alt gewesen. Sie hatte ihn nie kennengelernt, er war ihr einerlei.

Irgendwann hatte sie die Vase aus der Vitrine gerissen. Die Scherben klirrten an der Wand. Der Vater war endgültig tot. Die Mutter schlug sie. Es war das einzige Mal, soweit sie sich erinnerte. Die Mutter wollte keinen anderen Mann. Sie wollte nur ihn, sie verachtete den Rest der Welt. Dennoch. Die Liebe reichte nicht für eine Auferstehung. Die Mutter blieb allein. Anne vermied es, darüber zu sprechen. Es gab eben keine Väter.

Jetzt hielt sie die Vase erneut in der Hand. Und wieder befiel sie diese unbestimmbare Wut. Diese Lust, sie zu zerschlagen. Vorsichtig wischte sie den Staub von dem Körper. Warum nur war die Vase unversehrt? Sie hätte einen Haufen Scherben finden müssen. Sie wollte Josh fragen. Oder den Alten. Gleichzeitig befiel sie Angst. Dass die Vase zerspringen würde, wenn sie nur danach fragte. Einen Zweifel äußerte. In tausend Stücke. Nein. *Annehmen wie ein Kind*, dachte Anne, *wie ein Kind …*

„Na, etwas gefunden, gnä' Frau?" Erschrocken wandte sie sich um. Der Alte stand in ihrem Rücken. Hinter ihm lächelte Josh. Sie zeigte dem Alten die Vase.

„Ein ganz besonders wertvolles Stück", näselte er und beäugte sie durch seine Brillengläser.

Anne wollte es kurz machen. „Was soll sie kosten?", fragte sie. Sie wollte nicht feilschen, sie wollte nach Hause. „Sagen sie den Preis. Nehmen Sie Kreditkarten?"

Der Alte schüttelte den Kopf. „Ich denke, ich bin ganz zufrieden, dass Sie hier Ordnung gemacht haben. Es wurde höchste Zeit. Wissen Sie, meine Frau ist nicht mehr so schnell, sie wird alt …" Er sah sich um. „Ich danke Ihnen, gnä' Frau."

Sie sagte ihm Auf Wiedersehen, auch wenn es ein solches nie geben würde. Sie wollte nach Hause.

Sie lagen nebeneinander in ihrem Doppelbett. Anne hatte Josh gefragt, ob er das wollte. *Das Sofa ist doch unbequem!* Josh hatte genickt. Er tauchte in den Decken. Sie schwammen. Irgendwo zwischen Wachsein und Schlaf. Das Meer war dunkel und leer. Der Mond glitzerte auf den Wellen. Lange, bevor es dämmerte. In ihren Köpfen ertranken die Bilder des Tages wie Nichtschwimmer. Ein letzter Atemzug an der Oberfläche.

„Josh", flüsterte sie, „bitte sag jetzt nicht, dass das kein Traum ist."

„Was denn sonst?", fragte Josh. „Natürlich ist das ein Traum." Er drehte sich herum. „Gute Nacht!", sagte er.

Sie schwammen dahin. Josh kicherte noch: „Was denn sonst, wenn kein Traum …"

Sie tauchte noch einmal auf. „Dein Herzschlag. Diese Unregelmäßigkeit?"

„Ich hab Papa nie danach gefragt", gähnte Josh. „Es ist wohl, damit ich nicht zur Ruhe komme."

„Und das Gedankenlesen?"

„Ganz einfach. In einem anderen Traum …"

Die Wasser schlugen über ihnen zusammen.

Als sie am Morgen erwachte, stand die Vase auf dem Tisch. Sie versuchte es sich gar nicht zu erklären. *Es annehmen wie ein Kind.* Ein Zettel lag daneben:

VERSUCH, SIE HEIL ZU LASSEN,
DEN EINEN TAG.
JOSH.

IX

Ich bin schwanger!", erklärte sie trotzig.

Das sei kein Grund, nicht auf der Arbeit zu erscheinen, zischte ihr Chef sie an. „Das ist keine Krankheit. Ich werde Ihnen einen Tag Urlaub abziehen." Es gebe auch andere Möglichkeiten. *In Gedanken sucht er wohl schon eine neue Arbeitskraft*, dachte Anne. Für die Zeit, wenn sie endgültig ausfiel.

Ich werde nicht ausfallen, fuhr es Anne durch den Kopf, *ich nicht! Das Kind wird nicht zur Welt kommen! Erst recht nicht in diese, aber das geht dich nichts an.* Sie sah den Dezernenten aus schmalen Augen an. *Möchte wissen, was er denkt*, kam es ihr in den Sinn. *Ob er's überhaupt noch tut. Denken.*

Gedankenlesen. *Josh sagt, es wäre ganz einfach …*

Sie versuchte es. Heftete den Blick an seine Stirn. *Ich will es. Ich kann es.* Die Adern pulsierten. Das Herz schlug. *Es ist ganz einfach. Josh kann es auch. Es ist ganz einfach.* Ihr Kopf rauschte. Die Augen bohrten sich in seine Nasenwurzel. Tiefer. Der Schädel öffnete sich. Die Tore sprangen auf.

Oh Gott, dachte sie. *Mein Gott!*

Sie wandte sich ab. Ihr wurde übel. Der Magen rebellierte. *So ein Schwein. So ein altes Schwein.* Sie ließ ihn einfach stehen. Ging hinaus. Die Tür schlug zu. Draußen holte sie tief Luft. Der Ekel blieb. Sie sah ihn schwitzen. Seine fetten, kurzen Finger. Auf ihrer Haut. Die aufgesprungenen Lippen. Sie ging zur Toilette. Übergab sich. Warf sich Wasser ins Gesicht. Der Ekel blieb. Sie sah in den Spiegel. *So ein Schwein! Dazu hatte er kein Recht! Nicht einmal in seinen Gedanken …*

Anne ging zu ihrem Schreibtisch zurück. Die Akten türmten sich darauf. Ein babylonisches Gewirr. Die Strafe Gottes. *Auch nur ein Mann*, dachte Anne. Sie fand keine Kraft, die Unterlagen zu ordnen. Die Arbeit blieb liegen. Sie war immer die Unterlegene! Drunterliegen. Ihr leerer Blick fiel auf die Seiten.

Sie konnte es nicht vergessen. Der Ordner knallte auf die Tischplatte. Menschen sahen auf.

Sie sah zu Lisa hinüber. Die schaute sie an. Etwas Fremdes lag in ihrem Blick. Eine Frage, gepaart mit Misstrauen. Eine Spur Trauer. *Womit habe ich das verdient?*, dachte Anne. Ihre Augen hefteten sich an Lisas Stirn. *Nein!*, fuhr es ihr durch den Kopf, doch ein Wissen schlug seine Krallen in ihr Hirn. *Nein, Lisa, nicht du. Du doch nicht!* Doch es ließ sie nicht los. *Warum, Lisa, warum? Er ist doch nur ein Mann, schöne Lisa. Nicht mehr. Ein jämmerlicher, kleiner, perverser Mann, der durch einen dummen Zufall in einen Chefsessel furzt. Und du bist tausendmal schöner als er …*

Lisa wandte sich ab, einen kurzen Moment hing ihr Blick an der Tür, hinter welcher er thronte. Lisa schluckte. Dann senkten sich ihre Augen. In die Arbeit. Wohin soll man sonst fliehen. Ihre Finger schlugen Seiten um.

Anne vermochte es nicht. Sie schob die Papiere von sich. Der Tag gab kaum Licht. Im Büro röhrte Neon. Die Blätter raschelten wie Laub, doch die Füße blieben still. Gestanden. Getreten.

Sie sah sich um. Rücken krümmten sich. Beugten sich über Formulare. Die Form verloren. Stifte strichen. Malten Unterschriften. Augen sahen durch. Ein Husten verebbte. Eine Stimme dämpfte sich. Die Klospülung rauschte, Schritte im Gang. Die Wände warfen den Ton hin und her. Briefe rissen auf. Papier zerriss. Anne starrte in den Raum.

Josh … lass es ein Traum sein, dachte sie. Doch die Wirklichkeit blieb standhaft. Josh kam nicht in ihr vor. Trost spendete sich nicht. Sie war „reif für die Insel". So sagten sie hier. Sie ging eine rauchen.

Die Kollegen qualmten. Sie machten dumme Witze. Anne versuchte, nicht hinzuhören. Schwiegermütter kamen zu Besuch. Die Kinder waren angerichtet. Der Braten in der Röhre. Stopfte die Mäuler.

Ob sie den Weihnachtsbaum schon geschmückt hätte? „Nein, noch nicht." Sie zerdrückte die Zigarette. Eingeäscherte Leichen fingen Feuer. Rauch blaute aus der Urne. Beisitzer wurden beigesetzt. Beischläfer eingeschläfert. *Mein Gott, was denke ich denn?* Sie dachte: *anders.*

Sie griff sich an den Kopf. Massierte sich die Stirn. *Josh, das ist kein Spiel mehr. Du hättest mich warnen müssen. Das ist doch kein Spiel.* Vor ihren Gedanken entkleidete sich der Tag. Die Wahrheit zog sich aus. *Josh, so tief kann man nicht sehen. Nicht, wenn man überleben will. Wie kannst du so leben?*

Lisa kam. Eine Zigarette in der Hand. „Geht's dir nicht gut?"

Anne nahm ihr Angebot an. Rauchte eine zweite. „Es muss ja." *Warum muss es eigentlich?* Die Wirklichkeit war eine heimliche Übereinkunft zu schweigen. Sie sprach es nicht aus. Die nackte Wahrheit fror. Die Lungen füllten sich mit Gift. „Ach, nichts. Ich bin ein bisschen schwanger“, sagte sie.

„Scheiße!“, meinte Lisa. „Weißt du, wer’s war?“

Sie blickte Lisa an. „Gott sei Dank ja!“

„Martin?“, fragte die.

„Wer sonst?“ Anne dachte an den Chef. Das Thema war für sie beendet.

„Weiß er’s?“

„Nein!“ Sie band es kurz an.

„Du willst es nicht behalten?“ Die Frage stockte. Lisa schaute sie an.

Nochmals: „Nein!“ Was gab es dabei zu behalten? Alle Beteiligten hätten nur zu verlieren.

Lisa verstand den Sinn nicht. Anne dachte an den Chef. „Warum, Lisa, warum?“ Und warum hatte sie nichts gesagt?

Lisa verstand gar nichts. Anne konnte sie nicht fragen. Sie schwiegen sich an. Sie wussten, dass sie es wussten. Beide. Sie starben füreinander. Eine Freundschaft ließ die Hüllen fallen und tanzte in den neuen Kleidern der Kaiserin Zeit. Etwas ging zu Ende.

Sie sprachen es nicht aus. Für nichts gibt es keine Worte. Eine Eifersucht ohne Grund. Das Vertrauen hielt sich bedeckt. Worte hätten nicht genügt. Nicht dafür. Das Schweigen war wirklicher als die getauschten Worte. Vielleicht kam irgendwann ein neuer Anfang. Man konnte nie wissen. Vielleicht heilte die Zeit …

„Ich muss arbeiten“, sagte Lisa.

„Ich weiß“, sagte Anne.

„Bis dann“, sagte Lisa.

„Wenn das hier vorbei ist“, sagte Anne.

Sie ging zu ihrem Platz zurück. Die Akten paarten sich. Sie versuchte zu lesen. Es ging nicht. Sie versuchte zu tun, als ob sie lese. Auch das ging nicht. Die Uhr umrundete sich. Dennoch blieben Stunden. Es war unerträglich. Sie ertrug es. Trug Ordner in den Nachbarraum. „Was sollen wir damit?“ Sie schleppte sie zurück. Die Minuten schleppten sich dahin. Sie las in der Zeitung. *Das erste Kälteopfer.* Sie las Gedanken.

Ein neues Licht fiel auf ihren Tisch. Die Tür des Dezernenten stand offen. Er bat sie zu sich. Sie musste hingehen. Lisa schaute ihr nach.

Er schloss die Tür. Sie schloss die Augen. Er lächelte. Sie sah ihn nicht an. Er bot ihr einen Kaffee an.

Sie sagte, sie sei schwanger.

Warum sie so unvermittelt gegangen sei, wollte er wissen. Man könne doch über alles reden. Unter Freunden. Ein paar freie Tage vielleicht? Er bot ihr eine Zigarette an.

Sie sagte, sie sei schwanger.

„Wann ist es denn so weit?“, fragte er.

„Jetzt!“, antwortete sie.

Die Ohrfeige traf ihn ungedeckt.

X

Als Anne nach Hause kam, fand sie Josh vor dem Fernseher. Sie schaltete den Apparat mit der Fernbedienung aus, Josh war's zufrieden. Er schien ohnehin alles zu wissen. Sie musste etwas tun, irgendetwas. Etwas Alltägliches und doch Besonderes. Auf dem Weg hierher hatte sie besorgt, was sie brauchen würden.

Sie zog Josh in die Küche.

„Also", zählte sie auf, „Mehl, Zucker, Eier, Milch …", sie kramte in der Plastiktüte, „dazu Rosinen und Nüsse, zwei Packungen Schokoladenguss, und, ach ja – die Butter." Der Küchentisch strotzte.

„Fein!", rief Josh. „Wir backen Plätzchen."

Er stellte keine Fragen.

Anne liebte ihn dafür. Sie nahm ihn in den Arm, es war die natürlichste Sache der Welt. Anne fiel etwas ein. Sie kramte einen fußhohen Nussknacker aus einer Kiste. „Damit macht es mehr Spaß", rief sie, und Josh ließ die Schalen platzen. Es krachte. Anne lief ins Wohnzimmer und legte eine alte Weihnachtsplatte auf, eine knisternde Vorfreude der Erinnerung.

Die Butter wurde zerlassen, die Eier zerschellten am Rand der Schüssel, in die sie das weiße Mehl geschüttet hatte. Die Butter dazu. Den Zucker. Sie rührte den Teig an. Ein verächtlicher Blick für die elektrischen Geräte, die die Küche füllten. So einfach sollte es gar nicht sein, sie benutzte ihre Hände. *Wie früher*, dachte sie.

Jede vierte Nuss wanderte in Joshs Mund. „Du sollst sie knacken, nicht essen!“ Den Spruch hatte sie tausendmal gehört. Anne begann, den Teig zu kneten. Streute Mehl auf den Küchentisch, warf den Teiglaib darauf. Weich gab er unter ihren Händen nach. Sie riss ein Stück heraus und kostete.

„Du aber auch nicht!“, rief Josh.

Als Antwort steckte sie ihm ein Bällchen der süßen Masse in den Mund, das er gierig schluckte. „Mehr!“, verlangte er und Anne lachte. Die Erinnerung an den Vormittag schüttelte sich ab. „Mehr“, wiederholte Josh, und sie gab nach.

„Dann ist's aber genug!“, bestimmte sie. „Sonst wird dir schlecht!“

Josh zog eine Schnute. Sie schaute ihn an. Erstaunt. Der ernste, frühreife Ausdruck des gestrigen Tages war aus seinem Gesicht verschwunden. Wie weggeblasen. Übrig geblieben war – ein Kind, ein ganz normales Kind, das ausgelassen durch ihre Küche tollte. Zum ersten Mal hatte sie das Gefühl, ihm irgendwie helfen zu können. *Das ist doch bescheuert*, dachte sie, aber es machte sie froh.

Sie zerteilte die Teigkugel in kleinere Stücke und rollte sie aus. Suchte in den Schränken nach Formen zum Ausstechen, irgendwo hatte sie doch … egal, sie behalf sich mit einem Glas. Die Beutel mit dem Schokoladenguss schwammen in warmem Wasser. Der Ofen war vorgeheizt. Das Blech gefettet. Anne legte die ausgestochenen Scheibchen darauf aus, und Josh begann, sie mit Nussstückchen zu schmücken.

Ein Plätzchen wanderte in seinen Mund; Anne sah die

Lücke auf dem Blech und schaute ihn böse an. Er grinste und schob eine Nuss hinterher.

Sie wollte etwas sagen. Hielt sich zurück. *Du bist nicht seine Mutter*, dachte sie. Die Bleche waren im Ofen. Sie warteten. Es brauchte seine Zeit. Sie tranken warmen Kakao dazu. Plätzchenduft füllte den Raum und stieg ihnen in die Nase. Sie waren wie betört. Anne glaubte, das Gebäck schon schmecken zu können.

„Wir warten, bis sie abgekühlt sind!", befahl sie.

Josh trällerte ein Weihnachtslied.

„Hast du mich verstanden?"

Josh machte keine Anstalten, darauf einzugehen.

„Josh?!" Anne wurde energisch. Sie erinnerte sich ihrer Gespräche mit ihm, wie mit einem Erwachsenen. Heute schienen sie ihr unwirklich, als ob es sie nie gegeben hätte. „Hast du mich verstanden, Josh?", fragte sie noch einmal. *Ich könnte seine Mutter sein*, dachte sie.

„Nicht ganz", sagte Josh und zwinkerte mit beiden Augen.

XI

Sie hatten Kerzen auf den Tisch gestellt. Das Wohnzimmer lag in einem warmen Licht. Eine inzwischen halb leere Flasche Wein stand auf dem Tisch. Gleich daneben ein Glas Saft. Aus den Lautsprechern konzertierte eine Klavierimprovisation. Anne hielt sich den Bauch. Ihr war schlecht.

Natürlich hatten sie nicht gewartet.

Kaum war das Weihnachtsgebäck aus dem Ofen gewesen, waren sie darüber hergefallen. Kaum dass sie sich beherrschen konnten, bis der Schokoladenguss fest war. Als hätten sie seit Jahren nichts gegessen. *Hab ich auch nicht*, dachte Anne. Doch wie lange es genau her war, dass sie das letzte Mal Plätzchen gebacken hatte, fiel ihr nicht ein. Ihr Magen rebellierte.

Inzwischen war das Gebäck restlos alle. Das letzte Plätzchen hatten sie sich geteilt. Es war unverantwortlich!

Anne lachte in sich hinein: *Ich wäre eine schöne Mutter.* Mutter – sie dachte an Martin. Etwas in ihr hatte den ganzen Nachmittag gehofft, er würde sich melden. Sie schaute zum Telefon.

„Er wird nicht anrufen", meinte Josh.

„Das weiß ich selbst", gab sie zurück.

Josh drehte sich zu ihr herum: „Und warum rufst du ihn nicht an?"

Aus dem gleichen Grund, dachte sie.

„Das ist dumm", sagte Josh.

Sie hatte sich fast daran gewöhnt, dass er ihre Gedanken las. „Warum sollte ich nachgeben?", fragte sie.

„Du hast ihn fortgeschickt", antwortete Josh. „Also wird er warten, denke ich." Er trommelte mit den Fingern den unbeständigen Rhythmus der Musik.

„Ich warte auch", trotzte Anne. Die bekannten Melodien weckten Erinnerungen und machten alles nur noch schlimmer. In ihrem Bauch rumorte es. Daneben wuchs ein Kind. *Die ganze Welt ist gegen mich.*

„Was ist nur mit mir los, Josh? Es ist doch Weihnachten." *Und Weihnachten muss alles in Ordnung sein*, dachte sie, *damit es überhaupt auszuhalten ist. Damit das kleine konservative Arschloch in uns die Klappe hält!*

Diesmal stimmte gar nichts. Ihr ganzes Leben hing schief. Sie wusste nicht weiter. Aus den Augenwinkeln fiel ein Blick auf Josh.

„Du willst sagen, dass ich schuld bin, nicht wahr?"

„Nein!" Sie trat mit den Füßen gegen das Stuhlbein. „Nein. Aber das alles hat angefangen, als du gekommen bist. Der Streit mit Marti … meine beste Freundin hat ein Verhältnis mit dem größten Mistvieh auf Erden … meinen Job bin ich auch los, und … und … und …" Sie wusste, dass sie ihm das nicht in die Schuhe schieben konnte, und unterbrach sich.

„Und zu allem Überfluss kommt morgen meine Mutter, und ich darf ihr alles erklären. Haarklein. *Mein Kind!*, wird sie rufen und von einem Mann erzählen, der mein Vater gewesen sein soll, und wie sehr wir ihn beide vermissen. Immer noch!"

In ihrer Stimme lag eine Anwandlung von Wut. Seit sie

allein wohnte, kam ihre Mutter immer Heiligabend zu Besuch. „Jetzt bist du dran!“, hatte die resolute Frau gesagt, und Anne kochte und schmückte, wie sie es erwartete. Es war jedes Jahr dasselbe und endete stets im obligatorischen Streit. Annes Augen suchten nach der Vase, die sie auf einen Schrank gestellt hatte.

Josh schüttelte leicht den Kopf. Sie fuhr fort. „Klein Anne wird wie immer schön artig sein und ‚Ja, Mama!‘ sagen. Nur damit sie aufhört. Es ist alles so sinnlos.“ Ihr fiel noch etwas ein. „Und den blöden Christbaum muss ich auch noch kaufen. Und wie immer: Am Weihnachtsmorgen, sobald sie weg ist, fliegt das Ding wieder raus!“

Josh zuckte zusammen und sah sie fragend an.

Sie versuchte, es ihm zu erklären. „Es ist wie eine Tortur, eine Selbstbestrafung“, meinte sie. „Meine Mutter hat nie verlangt, dass ich diesen Baum aufstelle. Im ersten Jahr hab ich’s einfach gemacht, mir fiel nichts Besseres ein. Damit es hier irgendwie nach Weihnachten aussieht.“ Sie sah sich um. Noch verwies nichts in den Räumen auf das kommende Fest. „Sie hat ihn damals gesehen, wie er da so stand und glänzte, und hat mich maßlos gelobt. Wie nie, es war eine Strafe!“

Anne nahm einen Schluck Wein. „Und seit der Zeit schleppe ich jedes Jahr so ein Ding an. Um mir zu zeigen, wie feige ich bin. Es ist wie eine Ohrfeige, die ich mir selbst verpasse.“

Anne sprach fast nur noch für sich. Eigentlich war Martin dazu ausersehen gewesen, sich das anzuhören. Doch der hatte ja immer den Kopf voll gehabt!

„Eine Ohrfeige dafür, dass ich ihr nicht einfach sage,

dass mir das alles nicht passt. Dass wir gern irgendwo essen gehen können an diesem Tag und meinetwegen auch in die Kirche. Aber nicht in dieser Form! Nicht so, dass ich nun das tun muss, was sie jahrelang getan hat. Weil es eben so normal ist und ich jetzt dran bin. Mein Gott, ich möchte es ihr ins Gesicht schreien!"

„Dann fang doch einfach damit an!", lächelte Josh.

Er hatte wieder dieses ernste Gesicht. Sie wusste nicht, ob sie das jetzt ertragen konnte. „Womit? Sie anschreien? Soll ich sie anrufen und ihr sagen, dass sie nicht kommen soll? Das überlebt sie nicht!", fuhr sie ihn an. „Und ich auch nicht", fügte leise sie hinzu.

„Nein", meinte Josh. „Kauf einfach keinen Baum!"

„Und wozu soll das gut sein? Ein Kampf gegen Symbole!" Anne lachte bitter.

„Kleine Schritte." Josh wurde still. „Man muss zuerst aufhören, gegen sich selbst zu kämpfen. Sich zulassen. Auch das, was man nicht kann …" Er schaute zu ihr.

„Genau!", entgegnete Anne. „Das, was ich nicht kann – dafür steht der Baum. Er ist ein Schlag ins Gesicht. In mein eigenes. Weil ich wieder artig war, ein ganzes Jahr. Die bösen Kinder bekommen die Rute. Dazu brauche ich ihn."

„Aber doch nicht, um es zu manifestieren", gab Josh zurück.

Anne blickte ihn aus schmalen Augen an. *Er spricht schon wieder in einer Sprache, die ihm nicht zukommt.* So wie heute Nachmittag war er ihr lieber. Sie ließ sich nur ungern belehren. „Der Baum wird gekauft!", sagte sie.

„Bitte, Anne. Lass ihn draußen." Er wurde eindringlich.

Oho, die Bitte-Tour, dachte sie, *mit Vornamensverstärker!* Sie lachte ihn aus.

„Alles andere wird sich fügen, nach und nach." Josh versuchte es. „Glaub mir bitte. Es geht um den ersten Schritt. Bitte – keinen Baum."

„Hör auf!" Sie fiel ihm ins Wort.

Sie wusste es selbst, doch *Martin* hätte das sagen sollen. In einem der ausgefallenen Gespräche. So hatte sie es sich erhofft. An Martin hätte man sich festhalten können, im Notfall sogar hinter ihm verstecken. *Josh mit seinem Christkindspleen ist einfach keine Autorität*, dachte sie. Keine Autorität, die sie ihrer Mutter entgegensetzen könnte. Außerdem verschwand er morgen wieder! *Und ich müsste es allein austragen.*

„Vergiss es!", sagte sie. „Der Baum kommt. Und jede Kugel, die ich dranhänge, wird eine Beleidigung sein. Für mich, wie jedes Jahr. Meine Mutter wird mich loben, und ich werde vor Wut zittern."

Josh gab auf. „Dann ruf wenigstens Martin an", sagte er.

Er überwacht mich! Annes Wut richtete sich auf Josh. „*Er* soll *mich* anrufen, verstehst du? Er mich!!" Sie kämpfte mit den Tränen. *Josh soll sich nur nicht einbilden, dass ich schwach werde!*

„Vollbringe doch eins von deinen Wundern. Na los! Lass das Telefon klingeln!" Sie schrie ihn an.

Er schwieg.

Draußen begann es zu schneien. In wenigen Minuten bedeckte eine weiße Fläche die Straßen. Die Dächer leuchteten in einem hellen Blau. Josh schaute zum Fenster hinaus. Sie folgte seinem Blick.

„*Das* Wunder kenn ich schon!“ Sie machte eine wegwerfende Handbewegung. „Wenn es kalt genug ist und so …“ Anne lachte schrill: „Und morgen ist es Matsch!“

„Der Schnee wird liegen bleiben“, sagte Josh und blickte sie tief an, „es wird eine weiße Weihnacht. Manchmal muss man ein bisschen nachhelfen.“

„Vergiss es. Ich rufe ihn nicht an!“

Sie warf ihm eine Decke aufs Sofa.

XII

Der Wecker schrie. Der Weihnachtsmorgen begann wie jeder andere. *Abgesehen davon, dass ich nicht noch einen halben Tag auf die Arbeit muss*, dachte sie und drehte sich mit einer gewissen Befriedigung noch einmal um. Dahin würde sie nie wieder gehen. *So ein altes Schwein!* Fast konnte sie darüber lachen, aber Lisa tat ihr leid.

Am Morgen war alles viel leichter, im Traum hatte es Scherben gegeben. Doch das war vorüber. Es ging ihr wieder durch den Kopf. Sie erinnerte sich an den Streit mit Josh. Beinah tat es ihr leid. Dieser blöde Baum! Sie wusste, dass er recht hatte. Und nichts wäre ihr lieber gewesen, als ihre Mutter in einer unweihnachtlichen Wohnung zu empfangen. Sie wollte ihre Augen sehen. Nicht einmal das Bett gemacht! *Vielleicht sollte ich es richtig zerwühlen. Mein schönes großes Bett …*

Sie nahm die Decke in den Arm wie einen Geliebten. *Ich bleibe einfach liegen. Bis sie kommt. Begrüße sie im Pyjama: „Hallo, Mam. Was gibt's? Ach, Weihnachten? Hab ich total vergessen." Weihnachten verschlafen!* Sie hörte sie schon zetern, schreien: „Du hättest einen Vater gebraucht. Einen Vater!" Dann würde sie anfangen zu weinen …

Um alles in der Welt, nur das nicht! Anne fuhr hoch. Sie sah ein Bild der Hilflosigkeit. Ihrer eigenen Hilflosigkeit angesichts ihrer schluchzenden Mutter, die einen Toten heraufbeschwor. Immer und immer wieder. Am Ende würde sie doch wieder klein beigeben. Versuchen, es vergessen zu machen. Und wieder lieb Kind sein. Es hatte keinen Sinn.

Sie warf die Decke aus dem Bett. Die Beine hinterher. Schnellte nach oben. Der Pyjama flog aufs Laken. Die Dusche rauschte. Das Handtuch trocknete. Der Fön wehte durchs Haar.

Dann weckte sie Josh: „Komm, es ist unser letzter Tag. Den wirst du doch nicht verschlafen wollen. Es gibt noch 'ne Menge zu tun." Sie verjagte alle Gedanken mit Geschäftigkeit.

Josh riss die Augen auf. Er kam aus einer anderen Welt. „Komm! Aufstehen. Frühstück."

Der Kaffee kochte. Der Toast sprang aus dem Schlitz. Die Eier nahmen sich fünf Minuten Zeit. Anne deckte den Tisch. Stellte Kerzen dazu. Vier Lichter begannen zu tanzen.

„Frohe Weihnachten!", rief Anne, als Josh sich zu ihr setzte.

Josh sah sie nur an.

Er schien zu zittern. Wie ein verängstigtes Tier. *Vielleicht hat er schlecht geträumt*, dachte Anne. *Keine Ahnung, was mit ihm los ist.* Er schien ihr nervös. Sie schaute ihn an. *Er hat doch irgendwas.*

Dann kam ihr eine Idee. „Keine Angst, Josh!", sagte sie. „Wir feiern zusammen. Meinetwegen kannst du noch bis morgen bleiben." Vielleicht schockte er ja ihre Mutter mit ein paar klugen Sprüchen. Die würde Augen machen!

Doch Joshs Gesicht erhellte sich kaum. In seinen Augen lag eine traurige Frage. Anne zündete sich eine Zigarette an. Sie hatte keine Lust, Gedanken zu lesen. Nicht so früh am Morgen. Also fragte sie.

„Was ist? Was ist los mit dir?"

Josh antworte nicht sofort. Es schien, als suchte er nach Worten. Eine Kerze knisterte. Dann fragte er zurück: „Und mit dir? Hast du's dir überlegt?"

„Was?" Anne wusste nicht, was er wollte.

„Der Baum!", erwiderte Josh. „Hast du's dir überlegt?"

„Natürlich!", sagte sie bestimmt. „Der Baum wird gekauft."

„Bitte, Anne!" Er versuchte es ein letztes Mal. „Bitte nicht."

Sie stand auf. „Die Diskussion ist beendet. Schluss!"

Josh fuhr zusammen, als hätte er einen Schlag bekommen. Doch er sagte nichts. Anne blies die Kerzen aus. Zerdrückte die Zigarette. Blauer Dunst stieg zur Decke. „Beeil dich!"

Zehn Minuten später waren sie auf der Straße. Er müsse nicht unbedingt mitkommen, hatte Anne gemeint. Doch Josh hatte darauf bestanden. *Offenbar hat er sich damit abgefunden*, dachte sie.

„Das Stück werden wir zu Fuß gehen." Anne nahm Josh bei der Hand. Ihre Schuhe knirschten im Schnee. Die Spuren liefen nebeneinander her. Sie sah auf ihn herab. *Er hat recht gehabt, wie immer.* Sie dachte es und war ein klein wenig wütend darüber: Es schneite noch immer. Das ganze Stadtviertel lag unter einer weißen Decke.

„Es sind nur ein paar Straßen", sagte sie.

Josh reagierte nicht. Mit großen Augen staunte er in den Himmel. Flocken fielen in sein Gesicht. „Das ist schön!", meinte er leise. Die Bäume trugen ein Kleid aus Schnee. Er erwartete keine Antwort.

„Heute Mittag wird die Sonne alles zum Glitzern bringen", träumte er vor sich hin. Anne wollte gar nicht wissen, woher er das wusste. Sie fragte nichts. Das Staunen hatte aufgehört.

Ab und zu kam ihnen jemand entgegen. Einzelne kannte sie, sie grüßte kurz.

Eine Nachbarin lief ihnen über den Weg. Wünschte ein frohes Fest. „So ein hübscher junger Mann! Auf Weihnachtsbesuch, ja?" Ob ihre Mutter käme. Anne nickte nur. „Frohes Fest." Sie gingen weiter.

Die Menschen waren auf den Beinen. Die letzten Besorgungen – Beutel prallten. *Als ob sie Angst hätten, in den nächsten Tagen zu verhungern*, dachte Anne. Sie überlegte, was sie noch brauchte. „Nicht wie bei armen Leuten!", hörte sie ihre Mutter sagen. Aber es würde reichen. Wie jedes Jahr. Das Nötige hatte sie besorgt. Und mehr.

Nur der Baum fehlte noch.

Wenige Straßen weiter wurde das Treiben dichter. Kleine Geschäfte machten das größte des Jahres, doch es ging zu Ende. Die letzten Bescherungen gingen über den Tisch. Das Fest rückte näher. Die Menschen wollten nach Hause. Letzte Vorbereitungen treffen.

Ein paar warteten auf einen Bus. Ein Fluch, weil der zu spät kam. Die Beine vertraten sich im Schnee. Man hatte hier nichts mehr zu verlieren.

Anne zeigte über die Straße. Josh folgte ihr mit den Augen. „Da ist es."

Sie zog ihn hinter sich her zum Weihnachtsbaumstand.

Der Händler kannte sie noch vom letzten Jahr, aus den Jahren davor. „Na, wie immer die Letzte? Ich habe schon auf Sie gewartet. Nach Ihnen mache ich Schluss, wie jedes Jahr!“

Er lächelte sie an. Holte den Baum hervor. Den schönsten, den er noch hatte. Anne dankte ihm sein Entgegenkommen mit einem Lächeln. „Das Geschäft läuft?“

„Ist gelaufen, ist gelaufen!“ Er rieb sich die Hände. Es war kalt; er wollte nach Hause. Sie lächelte noch einmal. Sie konnte ihn verstehen. „Was macht das?“

Er nannte seinen Preis. Sie fand ihn erträglich. Das war leichter, als sie gedacht hatte. Es kostete sie keinen Gedanken.

Anne suchte in ihrer Tasche herum. Das Geld im Griff, alles war bereit. *Bäumchen, wechsle dich.* Josh blickte den Baum traurig an. Sie sah nicht hin, sah auf ihre Hände, die zählten.

„Du kannst immer noch zurück“, sagte Josh.

Sie sah ihn nicht an. Schaute auf das Geld.

„Du musst das nicht tun!“, sagte Josh: „Anne, bitte ...“

Sie sah nicht auf. Sah ihre Mutter. *Bitte nicht weinen.* „Doch, ich muss!“ Sie riss den Baum an sich. Eine Böe schlug ihr ins Gesicht. „Ich muss!“

Sie sah ihn nicht an. Sah nicht hin. Nicht auf. Sie spürte die Tränen. Er stand ihr im Weg. Sie machte einen Bogen um ihn, zog einen halben Kreis.

„Ich muss!“

Sie wollte nichts hören. Sollte er ihr doch nachlaufen! Der Händler rief einen Gruß hinterher. Sie wandte sich nicht um. Ein Schlag ins Gesicht. Die Feigheit. Anne blickte zu Boden. Die Tränen kamen. *Nur fort! Schnell.* Ihre Schritte zogen an. Sie lief einfach los. Nach Hause! Ihre Füße entkamen.

Nur fort. Über die Straße. Schnell! Den Baum vorm Gesicht. Zweige vor den Tränen. Schnell. Die blasse Sonne!

Ein Hupen. Bremsenquietschen. Schnee kam unter die Räder. Ein Schlag in den Rücken. Nichts kam zum Stehen. Ein Schrei. Äste zerbrachen. Der Baum war verloren. Die Tränen vereisten.

Sie stürzte. Kopfüber in den Schnee von heute. Stürzte ins Weiß. Ihre Hände krallten, fanden keinen Halt. Sie stürzte ins Schwarze. Die Augen rissen.

XIII

Der Junge hat Ihnen das Leben gerettet!“

Ein Gesicht hob sich aus dem Nebel. Die Bilder kehrten zurück, verschwammen, bekamen Kontur und verschwammen aufs Neue, Sirenen heulten ihr ins Ohr. Ein weißer Kittel zog die Hand zurück. Anne spürte ein Stechen in ihrem linken Bein. Ihrem Mund entfuhr ein lautloser Schrei.

„Was ist passiert?“

Sie sah sich um. Menschen glotzten auf sie herab. Eine wollene Decke lag unter ihrem Rücken, darunter Schnee. Ein blaues Licht fetzte in ihre Augen, verschwand und zog seine Kreise.

„Können Sie aufstehen?“ Ein Arm half ihr hoch. Ein Schwindel schwärzte ihren Blick, doch Hände hielten sie aufrecht. Menschen umstellten sie. „Was ist passiert?“ Anne suchte in ihrem Kopf nach den verlorenen Sekunden.

„Er hat Ihnen das Leben gerettet. Kannten Sie ihn?“

Der Busfahrer sprang auf sie zu. Schrie sie an. Ob sie keine Augen im Kopf hätte. Einfach auf die Straße zu laufen! Ihm direkt vor die Räder. Er hätte gebremst, freilich, doch der Schnee … der Bus sei einfach weitergerutscht.

Er schrie weiter. Was sie sich gedacht habe. Direkt hineingelaufen. Wäre nicht der Junge gewesen, wäre sie jetzt Matsch.

„Da können Sie Gift drauf nehmen.“ Der Junge sei von

hinten gekommen. „Fast gesprungen ist er!“ Hatte sie fortgestoßen, mit ganzer Kraft. In den Rücken. Er selbst hatte es nicht mehr geschafft.

„Und ich habe ihn auf dem Gewissen.“ Der Busfahrer brüllte: „Ihretwegen!“

Ob sie ihn gekannt habe. Das wollte der Polizist wissen.

„Josh?!?“ Die Frage schrie aus ihrem Mund. Sie begriff es, verstand es, es zuckte durch ihr Hirn, wollte es nicht wahrhaben. „Was ist mit Josh?“ Die Menschen blickten sie nur an. „Was ist mit ihm?“

Ein Wagen hätte ihn ins Krankenhaus gebracht. Der Arzt war ruhig und ernst. Er hätte kaum eine Chance. „Der Bus hat ihn halb zerquetscht.“ Aber man müsse abwarten. Vielleicht … doch er glaube es kaum.

Anne starrte ihn an, verstand kein Wort. Das konnte nicht wahr sein: „Was?“

Der Polizist wollte den Namen: „Josh, sagten Sie, und wie weiter?“

Anne sagte, sie wisse es nicht. Nur, dass er Josh hieße.

Aber sie seien doch miteinander unterwegs gewesen!

Zeugen fanden sich, der Weihnachtsbaumverkäufer gab zu Protokoll: „Natürlich kannten sie sich. Sie haben miteinander gesprochen.“ Was, wusste er nicht. „Dann ist sie einfach losgerannt. Über die Straße. Und der Junge wie ein Pfeil hinterher.“ Nein, der Bus sei nicht zu schnell gefahren.

„Natürlich nicht!“ Der Busfahrer schrie immer noch. Sie müsse doch seinen Namen kennen. Wie hieße er weiter?

„Wir müssen die Angehörigen informieren.“ Der Polizist wurde sachlich.

„Ich weiß es nicht!“, schrie Anne zurück. „Ich weiß es nicht … ich habe ihn nur zufällig getroffen.“

Sie verschwieg die letzten zwei Tage, das war nicht zu erklären. Sollte sie dem Busfahrer sagen, dass er das Christkind überfahren hatte? Er würde sie erwürgen.

„Ich kenne diesen Menschen nicht!“

Die Menge murrte. Der Busfahrer schlug die Tür zu.

Der Polizist sagte, er würde sie nach Hause bringen. „Die Sache wird aufgeklärt!“, beruhigte er die Leute.

„Kommen Sie mit.“

Sie schaute den Arzt an. „Nur ein Kratzer“, meinte der und nickte.

Sie folgte dem Polizisten. Über dem Auto kreiste das blaue Licht. „Kommen Sie!“ Sein Kollege hustete. Hielt ihr die Tür auf. Der Motor startete.

„Halt! Halt …“ Der Händler kam gelaufen, den Baum in der Hand. „Sie haben das hier vergessen!“ Er riss die Tür auf und zwängte das Gewächs in den Wagen. Anne ließ es geschehen. Es war unmöglich, sich zu wehren. Sie nannte ihre Adresse. Das Fahrzeug setzte sich in Bewegung.

Die Polizisten brachten sie noch die Treppe hinauf. „Wir werden uns bei Ihnen melden“, sagte der Jüngere. Der Ältere stellte den Baum hinter die Tür.

Anne schaute ihn an. Ihr Blick war leer. Ihm war kalt dabei. „Falls Sie im Krankenhaus anrufen möchten …“ Er gab ihr eine Telefonnummer. Dann war sie allein.

Noch auf dem Weg ins Krankenhaus sei er gestorben. Die Stimme am anderen Ende wurde leise: „Es tut mir leid.“

Anne sagte nichts mehr. Die Stimme schwieg. Dann legte sie auf.

XIV

Das Auge. Ein Fenster. Anne sah hinaus, sah die Zeit vergehen. Sekunden tropften aus der Uhr, Minuten versandeten. Das Pendel bewegte sich. Die Stunden wurden erschlagen. Als wäre nichts geschehen. Die Zeiger schlossen den Kreis: *Ich bin tot,* dachte Anne, die Zeit ist vorbei. Ich bin tot. Sie sah aus sich hinaus. Draußen schien die Sonne. Der Schnee glitzerte im Mittagslicht. Josh hatte recht behalten. Ein letztes Mal. Seine Augen würden es nie erfahren.

Er ist tot. Die Zeit ist vorbei. Das Wissen zerfleischte ihr Hirn. Er war gestorben. An ihrer Stelle, zu ihrer Zeit. Ihren Tod. Zerdrückt. Zerquetscht. Zertreten. Anne sah in sich hinein. Dachte an das Leben in ihrem Leib. Das sterben würde. *Mein Wille geschehe.* Heute gestorben war. Mit ihr. *Was lebt, stirbt. Die Zeit ist vorbei.*

Sie griff in die Zeiger, stillte das Pendel. Die Uhr blieb stehen. *Er ist tot!* Anne riss sie von der Wand, das Glas zersprang. *Tot.* Sie zertrat den Wecker, warf ihn in den Müll. *Gestorben.* Ihr Herz raste. *Die Zeit ist vorbei.* Die Armbanduhr flog aus dem Fenster. Gestorben. Für sie. Es nahm ihr den Atem. *Was nun?* Die Ohnmacht zerstörte die Spiegel. Sie brauchte kein Glück. Nicht mehr. *Er ist tot.* Scherben zerkratzten die Wände. Sie brach dem Tisch ein Bein. Das Holz wimmerte. *Tot.* Ein Splitter durchbohrte ihre Hand. Die Stühle kippten. Es war ihre Schuld …

Bücher gingen zu Boden, das Regal stürzte, sie wurden begraben. *Allein meine Schuld.* Briefe fielen heraus. Sie zerriss sie. Sie brauchte keine Erinnerung. Nicht mehr. Ein Foto: ein Gesicht lachte. Sie zerschnitt die Grimasse. *Er ist tot.* Es gab kein Zurück. Die Zeit war vorbei. Ein Blumentopf erbrach nasse Erde. Eine Handvoll schleuderte sie aufs Sofa. *Ruhe in Frieden!* Die Ohnmacht lachte. Das Kind in ihrem Bauch ... *vielleicht trefft ihr euch dort.* Schallplatten klirrten, Anne schlug die Gläser aus dem Schrank. *Bis alles in Scherben fällt!*

Dann sah sie die Vase.

Ihr Blick blieb daran haften, ihr Atem lauerte einen Zug. Dann griffen ihre Hände zu, ihre Augen flogen über die Wand, suchten sich einen Punkt. Das Bild einer Frau hing am Beton. *Es gibt keine Mütter! Mein Gott, lass es nicht fehlgehen.* Sie zielte mitten in das blasse Gesicht. Weihnachten in der Familie! Sie hielt die Luft an. *Bitte ...*

Ein Zettel wehte zu Boden. Kreiste über den Scherben und lenkte den Blick ab. Weg vom Ziel.

VERSUCH, SIE HEIL ZU LASSEN,
DEN EINEN TAG.
JOSH.

Anne erstarrte. Sie ließ die Arme sinken, ihr Herz stand still, ihre Hände umklammerten den tönernen Leib. Er setzte sich fort. *Josh*, dachte sie. *Josh!!!!* Er war tot. Zertreten zu Staub, doch die Vase war geblieben. Sie hielt eine zersprungene Kindheit im Arm. Sie konnte es nicht tun.

Anne sank in sich zusammen. Drückte die Vase an ihre Brust, zog die Beine an, legte den Kopf auf die Knie. In ihrem Hirn rauschte die Leere, ihre Gedanken blieben stumm. Es war vorbei. Sie wollte weinen, doch die Tränen versagten ihr den Dienst. *Josh ist tot.*

Als ob er es gewusst hätte. Seine Bitten, den Baum nicht zu kaufen, seine Unruhe am Morgen. Warum hatte er nichts gesagt? Anne wusste, dass sie ihm kein Wort geglaubt hätte. Und er hatte es auch gewusst. Sie sah noch sein Staunen über den Schnee.

„Manchmal muss man ein bisschen nachhelfen", hatte er gesagt, gestern Abend, und sie hatte ihm die Decke aufs Sofa geworfen und getrotzt: „Ich rufe nicht an!"

Sie dachte an Martin. An das Kind, das sie nicht wollte. Sie wollte sein Einverständnis. Sie wollte es ihm sagen. Josh den letzten Wunsch erfüllen. *Und den Tod endgültig machen*, dachte Anne. Die Nummer wählte sich von selbst.

Den Tod endgültig machen.

Er nannte seinen Namen.

„Hallo, Marti. Hier ist Anne. Ich …" Sie wusste nicht weiter.

Er wusste es auch nicht. Gestern habe er angerufen. „… in deinen Büro, doch die sagten, sie würden dich nicht kennen." Er schluckte. „Ich dachte, du lässt dich verleugnen …"

Sie wollte es ihm sagen. „Marti … Josh. Er ist tot."

„Bitte? Was?" Er verstand überhaupt nichts. „Was ist er?"

„Tot … überfahren … wegen mir …"

Die Worte stockten. Die Leitung knackte.

„Gib mir fünf Minuten, Anne … Ich komme, so schnell ich kann!“

„Nein, Marti, nein, ich …“

Doch er hatte aufgelegt, und eine Viertelstunde später stand er vor ihrer Tür. Anne öffnete und sah ihn an. „Er ist tot, Marti, tot!“

Martin nahm sie in den Arm und zog sie an sich. „Später“, sagte er. „Später!“ Seine Hände bargen ihr Gesicht, seine Finger strichen über ihre Wangen.

Sie schaute in seine Augen. „Ich kann nicht mal weinen …“

Er drückte sie an sich. „Du brauchst nichts zu sagen …“ Er hielt sie einfach fest.

XV

Später standen sie nebeneinander, Scherben knirschten unter ihren Sohlen.

Martin blickte durch den Raum. „Ich hab die ganze Zeit an dich gedacht", sagte er. Er bückte sich und wollte beginnen, aufzuräumen.

Anne schaute auf ihn herab. „Das hat keinen Sinn", sagte sie leise, doch Martin klaubte das zerbrochene Glas zusammen. Sie schlug es ihm aus der Hand. „Hör auf!" Er schaute sie nur an. Hob die Scherben wieder auf. „Bitte, hör auf!", schrie sie ihn an. Sie wollte, dass er sie fragte. Oder ihr Vorwürfe machte, irgendetwas …

Er trug das Glas in die Küche. Kam mit einem Eimer zurück. „Erzähl", sagte er kurz. Dann machte er sich an die Arbeit. Anne sprach über den Unfall – dass sie einfach losgelaufen war mit dem Baum, danach ihr Erwachen.

„Du hast ihnen gesagt: ‚Ich kenne diesen Menschen nicht!'?" Martin sah überrascht auf.

„Was sollte ich denn machen? Ihnen sagen, dass er das *Christkind* ist?" Anne wusste es offensichtlich nicht.

Martin schüttelte den Kopf: „Nein, ich meine, dass du … wie Petrus …" Anne verstand ihn nicht. „Ach, egal", sagte er, doch sie wollte es wissen.

„Als Jesus vor der Kreuzigung gefangen genommen wurde, hatte Petrus Angst, mit ihm ergriffen zu werden. Dreimal hat er gesagt: ‚Ich kenne diesen Menschen nicht!'" Martin sah sie nicht an. Er stellte das Regal wieder auf.

Anne stutzte: „Und was hat das mit mir zu tun?"

„Nichts … das sagte ich doch, nichts. Es ist nur seltsam." Er ordnete die Bücher.

„Josh war Josh, ein ganz normales Kind", entgegnete Anne. „Vielleicht klüger als andere, vielleicht konnte er ein wenig in die Zukunft sehen und Gedanken lesen. Aber das kann ich ja jetzt auch."

„Was kannst du?"

„Gedanken lesen!" Sie erzählte die Geschichte mit ihrem Chef.

Martin sah sie an. „Und was denke ich jetzt?"

„Dass du mir nicht glaubst. Eher glaubst du noch, dass Josh das Christkind gewesen ist, als mir …" Anne schluckte.

Martin wurde still. „ … und ich dachte, du lässt dich im Büro verleugnen …"

„Hab ich aber nicht!" *Wenn er nur einmal zugehört hätte, wäre das alles nicht passiert*, dachte sie. Doch dann entschuldigte sie sich innerlich für den Gedanken. „Es tut mir leid." Sie sagte es laut.

„Was denn?"

„Ach, alles!" Sie wusste nicht, wie sie es ihm sagen sollte. „Vorhin hab ich fast geglaubt, Josh wäre nur hier gewesen, um diesen Unfall zu verhindern. Er hat mir das Leben gerettet, und …"

„ … und? Hat er nicht irgendwas gesagt, warum er hier ist? Was er von dir wollte?"

Anne dachte nach. „Ich solle ihm glauben, sagte er."

„Mehr nicht?"

„Doch. Ich würde ihn brauchen, weil ich allein bin, darum sei er da …"

„Aber du bist doch nicht allein. Ich …“ Martin wollte aufbegehren.

Anne unterbrach ihn. „Du hast ja keine Ahnung!“ Und Martin schwieg.

„Der Tisch ist nicht zu retten“, sagte er dann.

„Der Tisch ist unwichtig, Marti, das alles hier ist unwichtig! Ich will wissen, wer er war. Warum er das getan hat …“ Ihre Stimme war schrill.

„Ich weiß es doch nicht, verdammt!“, gab er zurück. „Anne, ich kannte ihn kaum. Ich habe eine knappe Stunde mit ihm verbracht, mehr nicht.“ Er machte eine Pause. „Ich denke, er hat den Bus kommen sehen und einfach instinktiv gehandelt. Vielleicht dachte er, dass ihr es beide noch schafft.“

„Aber er hatte diesen Blick am Morgen, diesen traurigen Blick. Und als er vom Schnee sprach, da … Vom Schnee, verstehst du? Der Bus ist gerade auf mich zugerutscht …“ Anne versuchte, es zu erklären, versuchte es für sich.

„Aber Anne! Gleich sagst du noch, er wäre wirklich das Christkind gewesen!“

„*Du* hast doch damit angefangen! Wegen Petrus und so …“ Sie suchte nach Worten.

„Das ist doch nur eine Geschichte. Die fiel mir einfach so ein …“ Martin räumte weiter, plötzlich hatte er die Vase in der Hand.

„Was ist denn das für ein altes Teil?“ Er besah sich die kitschigen Verzierungen. „Warum hast du das nicht an die Wand geschmissen?“ Er schüttelte den Kopf.

Anne gab ihm den Zettel. „Von Josh“, sagte sie. Sie erzählte ihm von dem alten Händler. Die Geschichte der Vase.

„Weihnachtseinkauf in der Kindheit? Das war doch ein Traum." Martin platzte fast.

„Das hat Josh auch gesagt. Es wäre ein Traum. Aber am nächsten Morgen stand die Vase hier auf dem Tisch, und daneben lag der Zettel …" Anne wusste nicht, wie sie es ihm erklären sollte. Es war unglaublich, aber es war die Wahrheit. „Es ist wirklich so gewesen."

„Anne, bitte, wenn ich dir das glauben soll – und offensichtlich erwartest du ja allen Ernstes, dass ich das tue –, dann, warum, in drei Teufels Namen oder, wenn dir das lieber ist, bei Gott: Warum hast du ihm dann nicht *geglaubt*?"

Sie wusste nicht, was sie sagen sollte.

„Warum nicht?"

Die Frage bohrte sich in ihr Hirn. „Ich dachte, er wäre einfach ein bisschen verrückt. Genial, aber verrückt! Es gibt verdammt noch mal kein Christkind!"

„Es gibt verdammt noch mal auch keine Vasen, die man erst zerschmettern und dann in einem Traum wieder heil kaufen kann." Martin verlor die Fassung. „Hör auf, mich für dumm zu verkaufen!"

„Ich verkaufe gar nichts!" Anne hörte Joshs Worte aus ihrem Mund. „Ja, gut, dann war er eben das Christkind. Ja, er war es."

Martin stand der Mund offen. „Ist das dein Ernst?"

„Mein voller Ernst. Bei Gott!" Sie ging in den Flur und brachte den Weihnachtsbaum ins Zimmer. „Bitte, Marti. Bring den weg. Schmeiß ihn irgendwohin. Tu's für mich …"

Er wollte sie etwas fragen, tat es aber nicht.

„Es muss sein. Glaub mir einfach."

XVI

Ihre Mutter war erschrocken in der Tür stehen gelieben und besah sich das Trümmerfeld, und Anne wusste nichts zu sagen.

„Wir hatten Streit", war Martin helfend eingesprungen und hatte ein entschuldigendes Lächeln aufgesetzt. Offenbar schien sie das zu beruhigen.

Sie wollte gar nicht erst hereinkommen. „Gehen wir noch in die Kirche?" Weihnachten gehöre das doch dazu, hatte Martin gesagt und Anne dabei zugezwinkert. Die nickte, und ihre Mutter staunte.

Danach waren sie Essen gewesen. Als sie sich verabschiedeten, gab Anne ihr die Vase. Sie staunte mit weit aufgerissenen Augen: „Die ist doch …" *Genau wie die alte*, lächelte Anne, *ja!*

„Und morgen kommen Sie zum Mittagessen!", ergänzte Martin die Abschiedsworte. Sie waren Hand in Hand nach Hause gegangen …

Und dann sagte sie es ihm.

Ein Kind.

XVII

Er stellte keinen Sekt kalt. Taumelte nicht vor Freude, aber das hatte sie auch nicht erwartet. Er blieb ganz ruhig, fragte, wie sie sich fühle. Fragte nach ihren Vorstellungen. Sie sagte es ihm. Er nickte. Es gäbe auch andere Möglichkeiten, meinte er. Dann schwieg er, lächelte sie an.

Sie schüttelte den Kopf. Sie wollte es nicht. Er sagte, dass er sie liebe. Sie küsste ihn. „Auch wenn ich behaupte, das Christkind getroffen zu haben?"

„Auch dann", meinte er.

Sie hätte es gern geglaubt. Sie sagte, dass sich ihre Welten immer nur schnitten, niemals übereinkamen. Er wusste es auch. „So ist das Leben. Vielleicht sollte man es trotzdem versuchen?"

Sie schüttelte den Kopf.

„Josh ist auch kein Argument? Wenn es sogar ein Christkind gibt ..."

Sie sagte, er solle aufhören. „Unseres wäre ein ganz normales", meinte sie leise. „Schreien würde es und auf Wunder warten, die nie geschehen."

Er sagte: „Manchmal doch. Und eines wie Josh wäre kaum zu ertragen."

„Aber es hätte wenigstens einen Sinn", sagte sie. Es hatte keinen Sinn.

Er suchte nach Worten. Suchte nach Möglichkeiten.

„Ich will nicht", sagte sie.

„Du könntest zu mir ziehen", sagte er.

Sie schüttelte den Kopf. Sie schwiegen.

„Vielleicht sollte man heiraten."

„Du spinnst", sagte sie und lachte.

Er küsste sie dafür. Nahm ihre Hand. Steckte sich ein Zigarillo in den Mundwinkel. Anne nahm eine Zigarette. Sie rauchten gemeinsam. Waren gemeinsam traurig, aber es war nicht zu ändern. Er sagte ihr, er sei froh, dass es sie gab.

„Ich lebe doch noch", meinte sie und schüttelte den Kopf. „Er ist an seinem Geburtstag gestorben."

Sie bliesen den Rauch in den Raum. Die Wolken verschwammen wie ihre Schatten im Kerzenlicht.

„Es ist Weihnachten", sagte sie. Draußen fiel Schnee.

Er fragte, was in einem Jahr sein würde.

„Da musst du Josh fragen", entgegnete sie.

„Josh ist tot", sagte er.

„Ja", sagte sie. Aber sie wollte es nicht. Mutlosigkeit fiel ihr in die Augen. Endlich kamen die Tränen.

Er hielt sie. Sie bebte, ihre Flügel zuckten. „Ich vermisse ihn", sagte sie.

„Und seine Antworten", spottete er, doch er hielt sie fest. „Ich will dich nicht verlieren", sagte er.

„Verlieren will niemand", gab sie zurück.

„Ich meine das ernst."

Sie sah ihm in die Augen, sagte, dass sie ihn liebe. Er hätte es gern geglaubt.

„Vielleicht sollte man es doch versuchen", meinte er.

Sie schüttelte den Kopf … An Weihnachten konnte man so etwas ohnehin nicht entscheiden. Dieses Fest!

Er suchte einen klaren Gedanken. Sie nickte dazu und floh in seinen Arm. Er zog sie an sich. „Vielleicht reden wir morgen?“

Sie sagte, dass das nichts ändern würde. Sie hatten es beide nicht gewollt. Das wusste er auch. Aber darüber nachdenken konnte man doch. Sie schüttelte den Kopf und zog ihn ins Bett.

„Ich vermisse ihn“, sagte sie und meinte Josh. „Ich würde ihm gern sagen, dass ich ihm glaube. Ich denke, er wäre froh.“ Sie erinnerte sich an sein Lachen.

Er nickte und legte den Arm um ihre Schulter. „Christkinder sterben nicht wirklich“, versuchte er zu trösten.

„Schön wär's“, sagte sie leise und küsste ihn.

Dann kam die Nacht.

XVIII

Gegen Mittag klingelte es an der Wohnungstür. Anne lief hin, um ihrer Mutter zu öffnen. Martin deckte gerade den Tisch und hastete mit ein paar Tellern durch den Flur.

„Komm rein!“, wollte sie rufen, doch die Worte steckten in ihrem Mund fest.

„Nenn mich Josh!“, lächelte er sie an.

„Aber … Josh … du bist tot!“ Anne traute ihren Augen nicht.

Josh schüttelte den Kopf. „Ich bin das Christkind!“, sagte er. „Hast du nicht selbst gesagt, dass du mir glaubst?“

Anne nickte nur.

„Na also, warum sollte ich dann tot sein?“ Josh kicherte.

„Aber … der Bus!“ Anne konnte es nicht fassen.

„So was geht vorüber!“, meinte er und rieb sich den Arm. „Tut noch ein bisschen weh, aber ich hatte schon Schlimmeres.“

„Schlimmeres?“ Anne wollte es wissen. „Was denn?“

„Das weißt du doch!“ Josh lachte und breitete die Arme aus. „Aber ich komme schon darüber hinweg!“ Er grinste sie an: „Es war doch nur ein Bus.“ Sein Blick blitzte zu ihr hinüber. „Manchmal ist das der einzige Weg – sich selbst in die Bahn der Ereignisse zu werfen, verstehst du? Und für dich hätte ich es auch mit ganzen Güterzügen aufgenommen!“ In seiner Stimme war der jungenhafte Übermut zurück.

„Für mich?“ Anne glaubte, einen Herzschlag zu hören.

Doch mehr sagte Josh nicht. Nur in ihren Gedanken sprach er weiter. „Aber jetzt wird es Zeit, dass du selbst anfängst, endlich richtig zu leben, nicht nur so halb.“

Anne war seine Stimme in ihrem Kopf inzwischen so vertraut wie die eigene. Oder hatte sie das selbst gedacht?

„Mit wem redest du denn da?“

Martin kam aus der Küche und riss die Augen auf. Dann brach es aus ihm hervor: „Also, wenn ihr beide mich nicht fürchterlich verschaukelt habt – was ich nicht glaube, nein –, also dann, Josh, von mir aus: Okay, du bist das Christkind. Halleluja!“ Er schüttelte den Kopf. „Auch wenn das jetzt ein bisschen ist wie Weihnachten und Ostern zusammen!“

„Bitte jetzt kein Wort über Osterhasen und alberne Eierpartys!“, funkte Josh in Annes Kopf. „Weihnachtsmänner sind schlimm genug.“

Dann gab er Martin die Hand. „Ich muss los!“, sagte Josh.

Anne war bestürzt: „Wo willst du denn hin?“

„Weihnachten ist vorbei“, sagte Josh achselzuckend.

„Aber – die Feiertage!“ Martin versuchte, ihr zu helfen. „Bleib doch wenigstens zum Essen.“

Anne nickte und sah Josh erwartungsvoll an.

„Ich hab schon!“ Er rieb sich den Bauch. „Wirklich, ich muss wieder los. Papa wartet auf mich.“ Er zeigte nach oben. „Ich wollte euch nur wissen lassen, dass es mich noch gibt. Du weißt doch: Manchmal muss man ein bisschen nachhelfen!“ Josh machte Anstalten zu gehen.

Anne hatte Tränen in den Augen. Dann fragte sie ihn: „Hast du es vorher gewusst?“

„Das mit dem Bus?" Josh grinste. „Aber woher denn? So was weiß keiner. Denkst du, ich hätte es sonst so schneien lassen?" Er rieb sich die Schulter. „Es tat verdammt weh. Ich hatte mir den Tag auch schöner vorgestellt. Die Mittagssonne, die auf dem Schnee glitzert …"

„Nein, nicht das mit dem Bus. Das andere!"

Josh schaute sie an. Dann tippte er ihr vorsichtig auf den Bauch. „Nenn ihn bloß nicht Josh!" Er lachte.

Sie schüttelte den Kopf: „Ich werd es nicht behalten, Josh."

Martin sagte nichts.

„Ich will es nicht."

„Nenn ihn um Gottes willen nicht Josh!", wiederholte er grinsend und wandte sich zum Gehen.

„Du bist verrückt", rief sie ihm hinterher. „Vollkommen verrückt!"

Er lachte nur.

Anne hörte noch seine Schritte im Treppenhaus. Dann fiel die Tür ins Schloss.

Der Autor

Tom Reichel, 1969 in Prenzlau geboren, lebt als freier Autor in Leipzig.

Er arbeitet als Journalist, schreibt Kolumnen für die Dresdner Morgenpost und das Kulturradio MDR – Figaro, textet für die Bühne und Kabaretts wie die Leipziger Pfeffermühle und die academixer.

Als Autor des inzwischen legendären Leipziger Kabaretts gohglmohsch stand er auch selbst auf der Bühne, inszenierte Stücke und organisierte den Spielbetrieb des jungen Kabarett-Theaters mit. Seine große Leidenschaft gilt dem neuen deutschen Chanson, seit 2001 arbeitet er als Textdichter mit dem Sänger und Komponisten Johannes Kirchberg zusammen. Dieses Projekt wurde mehrfach ausgezeichnet.

Tom Reichel ist verheiratet und Vater eines Sohnes.

FSC
www.fsc.org
The mark of responsible forestry
FSC® C017859

Verlagsgruppe Random House FSC-DEU-0100
Das für dieses Buch verwendete FSC-zertifizierte Papier *EOS*
liefert Salzer, St. Pölten

1. Auflage 2011
Bestell-Nr. 814 251
ISBN 978-942208-51-2

Umschlaggestaltung: Hanni Plato
Satz: Marcellini Media GmbH, Wetzlar

Märchenhafte Reise.

Sebastian hat zwei Wochen Zeit, um Gott zu beweisen und damit seine Mutter zu retten. Unterwegs trifft er die rätselhafte Nia und entdeckt mehr, als er je geahnt hätte. Die mitreißende Geschichte einer leidenschaftlichen Suche nach dem Sinn des Lebens. Aufrüttelnd, bewegend und voller Romantik.

„Ich vertraue dem, der den Duft des Himmels riechen kann,
mehr als einem, der ihn mir erklären möchte" – Nia

Fabian Vogt / Martin Schultheiß:
Der Duft des Himmels
Gebunden in glitzerndem Metallic-Leinen • 12,5 x 18,7 cm • 144 Seiten
ISBN: 978-3-942208-25-3